Grußworte

Michael Adam

Grußworte

für Gemeindefeiern,
Vereinsjubiläen
und andere
offizielle Anlässe

FALKEN

Im FALKEN Verlag sind zahlreiche Titel mit Festreden zu den unterschiedlichsten Anlässen erschienen. Hier eine kleine Auswahl:
Reden zu Familienfesten (Nr. 0675)
Trinksprüche und Festreden (Nr. 1321)
Festreden und Vereinsreden (Nr. 0069)
Reden im Verein (Nr. 0703)
Reden zum Jubiläum (Nr. 0595)
Moderne Reden & Ansprachen (Nr. 4742)

Die Deutsche Bibliothek – CIP-Einheitsaufnahme

Adam, Michael:
Grussworte : für Gemeindefeiern, Vereinsjubiläen und andere offizielle Anlässe / Michael Adam. – Niedernhausen/Ts. : FALKEN, 1993
ISBN 3-8068-4741-x

ISBN 3 8068 4741 x

Umschlaggestaltung: Peter Udo Pinzer
Titelbild: Peter Udo Pinzer
Kalligraphien: Petra Leupacher, Bad Soden
Redaktion: Dr. Werner Brand
Herstellung: Michael Greiss

Satz: Fromm Verlagsservice GmbH, Idstein
Druck: Wiener Verlag, Himberg bei Wien

817 2635 4453 6271

Inhalt

Anstelle einer Einleitung 7
Ein Grußwort

Auf ein (Gruß-)Wort! 9
Kurze Einführung

Feuerwehr 18
Zitate zum Element Feuer 31

Sport/Turnen 35
Zitate rund um den Sport und das Turnen 50

Pferdesport 54
Zitate zu Pferd und Reiter 61

Schützen 65
Zitate rund um Kimme und Korn 72

Wandern 75
Zitate über das Wandern und die freie Natur 81

Musik 85
Zitate zu Musik und Gesang 91

Kleintiere 95
Zitate zu dem, was kreucht und fleugt 105

Schule 111
Zitate rund um Lehrer und Schüler 121

Gemeinde 123
Zitate, aus dem Leben gegriffen 128

Vereine/Verbände 132
Zitate zum Vereins- und Verbandswesen 140

Verschiedenes 142
Zitate für außergewöhnliche Fälle 173

Register 190

Anstelle einer Einleitung

Ein Grußwort

Sie kennen das, Frau Ministerin, Herr Landrat, gnädige Frau, mein Herr,
Sie kennen das, denn Sie alle haben es schon x-mal erlebt. Sie sitzen auf einer dieser besonders unbequemen, weil harten Brauereibänke in einem – wenn schon nicht zu kalten, dann wenigstens überhitzten – Festzelt anläßlich des was-weiß-ich-wievielten Jubiläums dieses bedeutenden Vereins, von dem Sie den Namen gerade noch so zusammenbekommen.
Natürlich sitzen Sie am »Ehrentisch« – wo auch sonst. Der wäre ohne die »Ehrengäste« nämlich frei – da vorne hält es niemand aus, direkt bei der Kapelle, in der Einflugschneise der Schallwellen aus den übergroßen Lautsprechern.
Selbstverständlich sind die Getränke für Sie gratis – dafür mußten Sie als Ehrengast ja auch keinen Eintritt bezahlen. Und das alles nur, weil Sie ein begehrtes Stück Papier in Ihrer linken Rocktasche transportieren. Einen Scheck.
Ja, doch vor die Scheckübergabe haben die Vereinsgötter eine harte Prüfung gesetzt. Es begann alles mit diesem freundlichen, doch verhängnisvollen Brief:
»Sehr geehrte Frau Sowieso,
lieber Herr XY,
mag sein, daß Sie es schon wissen, wenn nicht, dann jetzt: Unser Verein feiert im Sommer sein großes Jubiläum mit einem mehrtägigen Programm, zu dem wir auch Sie recht herzlich einladen. Bitte übersenden Sie uns doch vorab ein Grußwort mit Bild für unsere Festschrift. Wir würden uns besonders freuen, wenn Sie unseren Kommers besuchen und einige Worte an die Festgesellschaft richten könnten.«

Jetzt haben Sie den Salat! Mühsam, eher gequält, quetscht einer Ihrer Mitarbeiter sich ein Grußwort aus den Gehirnwindungen; ab geht die Post, Gott sei Dank erledigt.
Und heute, heute drückt Sie die harte Brauereibank, während Sie auf den reichlich verspäteten Beginn der Veranstaltung warten. Die Small-Talk-Themen sind alle durch – was nun? Aha, da liegt ja die Festschrift. Mal sehen, was da so drinsteht.
Die Chronik ist ja ganz hübsch – davon kann man das eine oder andere noch gebrauchen, nachher, für das Grußwort via Mikro, auf das Sie sich natürlich noch immer nicht so recht vorbereitet haben. Die Bilder, vor allem die historischen, sind auch äußerst unterhaltsam. Nur die Werbung stört ein wenig. Besonders dürftig an der sonst so liebevoll zusammengestellten Festschrift aber sind die Grußworte – das eigene eingeschlossen. Meine Güte, zehnmal dasselbe, Thema mit Variationen – das Allgemeine Vereins-Grußwort.
Schreibt eigentlich keiner vernünftige, witzige, lesbare Grußworte? Trägt denn niemand tolle, begeisternde Grußworte vor?
Doch – ab morgen Sie selber. Nun ja, etwas Nachhilfe ist gestattet. Und »Versatzstückarbeit« geht Ihnen doch leicht von der Hand, nicht wahr!? Also, keine Hemmungen. Dieses Buch wurde gedruckt, damit Sie Worte übernehmen, zusammenstellen, neue Ideen erhalten und eigene entwickeln. Oder Sie geben das Buch Ihrem Reden- und Grußworteschreiber als kleine Anregung und Ermunterung.
Wie auch immer – viel Spaß beim nächsten Grußwort!

Auf ein (Gruß-)Wort!
Kurze Einführung

Das kennt der Sprachforscher zur Genüge: Zwei eigenständige Hauptwörter bilden – zusammengesetzt – ein nagelneues Hauptwort. Ein Beispiel? Setzen Sie doch einmal die Begriffe »Gruß« und »Wort« zusammen, und es entsteht? – richtig, ein »Grußwort«. So einfach ist das!?
Schön wäre es ja, wenn es denn tatsächlich so einfach wäre. Ein richtiges, ein gutes, ein hörenswertes oder lesbares Grußwort ist jedenfalls alles andere als einfach. Es ist ein Kunstwerk. Doch dazu kommen wir später. Zunächst sollen Sie, die Sie künftig gute, nein, bessere Grußworte vortragen wollen, noch eine Kleinigkeit wissen:
Das Wort »grüßen« leitet sich zum einen vom westgermanischen »grotjan« her, was »zum Reden bringen« heißt. Dieser Ursprung beinhaltet die altdeutsche Sitte, daß dem Ankömmling erst nach der Anrede durch den Hausherrn zu reden erlaubt war. Die Form »grüßen« beruht weiterhin auf dem althochdeutschen »gruozen«, was neben »anreden« auch »an jemanden herantreten« bedeutet. Hier spiegelt sich noch die germanische Kriegersitte wider, über Speerwurfdistanz Namen, Herkunft und Absicht des Fremden zu erfragen. Erst mit dem mittelhochdeutschen »grüezen« hat sich langsam die noch heute gültige Bedeutung des »freundlichen Ansprechens« herausgebildet.
Und damit sind wir wieder beim Grußwort. Es ist also ein Wort des freundlichen Ansprechens: nicht langweilig, nicht nichtssagend, schon gar nicht inhaltsleer oder floskelhaft, vielmehr freundlich und ansprechend.

Freundlich – da sind ja in aller Regel diejenigen Grußworte, die wir alle kennen. Kennen wir nämlich eines, dann kennen wir alle. Wir bezeichnen sie ab sofort als »Allgemeine Vereins-Grußworte«, kurz AVG. Sie lassen sich alle auf einen gemeinsamen Nenner bringen, der – frei nach Wilhelm Busch zitiert – lautet:

»Oft fällt das Denken schwer, indes,
beim Grußwort geht's auch ohne es!«

Hier nun ein besonders typischer Vertreter des AVG. Der Anlaß, zu dem es verfaßt wurde, ist der 60. Geburtstag einer Freiwilligen Feuerwehr:

»Zum 60jährigen Bestehen der Freiwilligen Feuerwehr XY, verbunden mit dem Bezirks-Feuerwehrtag des Bezirkes soundso sowie dem 20jährigen Jubiläum der Jugendfeuerwehr XY, möchte ich sehr herzlich gratulieren. 60 Jahre Freiwillige Feuerwehr ist eine lange Tradition, auf die die Freiwillige Feuerwehr XY mit Stolz zurückblicken kann. Dank und Anerkennung gebühren den Feuerwehrmännern und -frauen, die schon sechs Jahrzehnte hindurch bereit sind, des Nächsten Hab und Gut zu schützen und die Kameradschaft zu pflegen. Ganz besonders möchte ich der Jugendfeuerwehr XY danken, die schon 20 Jahre durch ihre Jugendarbeit den Nachwuchs für die Aktiven sicherstellt.

Ich wünsche den Festtagen einen guten Verlauf und allen Feuerwehrkameraden und Gästen frohe und vergnügte Stunden bei der Freiwilligen Feuerwehr XY.«

Nichts gegen den Verfasser dieses AVG. Wirklich nicht. Er ist kein Profi. Sein letztes Grußwort hat er vor fünf Jahren abgeliefert, damals, zum 55. Geburtstag der Freiwilligen Feuerwehr XY. Das las sich wie folgt:

»Zum 55jährigen Bestehen der Freiwilligen Feuerwehr XY sowie dem 15jährigen Jubiläum der Jugend-

feuerwehr XY möchte ich sehr herzlich gratulieren. Dank und Anerkennung gebühren den Feuerwehrmännern und -frauen, die schon seit 55 Jahren bereit sind, des Nächsten Hab und Gut zu schützen und die Kameradschaft zu pflegen. 55 Jahre Freiwillige Feuerwehr ist eine lange Tradition, auf die die Freiwillige Feuerwehr XY mit Stolz zurückblicken kann.
Ganz besonders möchte ich an dieser Stelle der Jugendfeuerwehr XY danken, die schon seit 15 Jahren durch Ihre Jugendarbeit den Nachwuchs für die Aktiven sicherstellt.
Ich wünsche den Festtagen einen guten Verlauf und allen Feuerwehrkameraden und Gästen frohe und vergnügte Stunden bei der Freiwilligen Feuerwehr XY.«
Schmunzeln Sie ruhig! Machen Sie es denn besser? Woher kommt es den, daß kein Mensch bei Grußworten zuhört, daß jeder genau diese Seiten einer Vereins- oder Verbandsfestschrift schnellstmöglich überblättert? Und warum fällt ein einziges kurzes Grußwort auf, das originell ist, das seinen Platz jenseits des AVG hat, das Witz und Pep beinhaltet, das etwas aussagt, das Hörer oder Leser »freundlich anredet«? Warum wohl??
Die Antwort ist einfach: Gute Grußworte sind Raritäten. Ein Grußwort, das den Anspruch erfüllen wird, »gut« zu sein, ist in jedem Falle ein Kunstwerk. Entweder intellektuell – oder sprachlich. Am besten aber beides.
Um dies zu erreichen, sollten Sie sich vorab fünf Punkte merken:

1. Für ein gutes Grußwort benötigen Sie Zeit. Für Ihr Grußwort stehen Sie selber gerade. Kein anderer als Sie selbst blamiert sich damit. Oder erzeugt Gähnen und Langeweile.
2. Ein gutes Grußwort braucht eine gute Idee. Lassen Sie diese in Ruhe reifen. Dann fällt Ihnen das

richtige Stichwort schon ein, mit dem Sie Ihr Grußwort einleiten.

3. Ein gutes Grußwort beginnt anders. Jedenfalls anders als diejenigen, die Sie bisher gelesen, geschrieben oder gehört haben.
4. Die Hörer und Leser erwarten etwas von Ihnen. Mindestens ab dem zweiten guten Grußwort. Sie werden nämlich an Ihrem ersten guten Grußwort gemessen.
5. Verkaufen Sie sich nicht unter Wert – bringen Sie das, was Sie sagen wollen, auch »rüber«.

Jetzt sind wir soweit! Sie kennen das »Geheimrezept« für gute Grußworte. Nun fehlen allein noch die Ingredienzen. Auch das ist mit wenigen Zeilen vollbracht:

1. Der Einstieg,
2. die Überleitung und
3. das Übliche.

Im Gegensatz zu Ihrem bisherigen Grußwort lebt das »Neue« vom ersten Satz. Wie war es denn bisher? Sie haben »sich gefreut« über das Ereignis, haben »gratuliert«, ferner »gelobt« und abschließend »viel Erfolg gewünscht«. Der Mißerfolg – per Desinteresse – lag auf der Hand.

Und doch ist in diesem vermeintlich schlechten Fahrplan ein Stückchen Wahrheit verborgen. Sie können all dies tun: sich freuen, gratulieren, loben, viel Erfolg und Spaß wünschen. Das wird sogar erwartet! Nur – Sie tun es dort, wo Sie dies wollen. Und das ist am Schluß.

Doch wir waren zunächst beim ersten Satz. Mit diesem »machen« Sie Ihre Hörer und Leser »an«. Provokant muß er sein, oder witzig, von mir aus auch frech – nur ein Kriterium muß er auf jeden Fall erfüllen: er muß anders sein als alles, was Sie bisher

zu Papier gebracht haben. Nehmen wir ein Beispiel und bleiben im Bilde: Anlaß für Ihr Grußwort ist ein Feuerwehrjubiläum.
Zweierlei müssen Sie vorab wissen: Brandschutz ist eine Pflichtaufgabe des Gemeinwesens und entweder über Berufs- oder Freiwillige Feuerwehren sichergestellt. Ferner lohnt es sich auch zu wissen, wie viele Männer und Frauen in der Wehr Dienst tun und wann das letzte größere Ereignis stattgefunden hat. Im Zweifel ist die Information per Telefon schnell eingeholt. Und dann geht es los:
»Feuerwehrleute dürfen nicht auf dem Schlauch stehen!«
Ein hervorragender Eingangssatz, da er doppeldeutig ist. Eine optimale Lösung des Einstiegsproblems. Im nächsten Satz müssen Sie schon dazu überleiten, was Sie tatsächlich »rüberbringen« wollen. Folglich sagen Sie:
»Im Gegenteil!«
Und schon sind Sie dort, wo Sie hinwollen. Bei den Leistungen Ihrer Wehr, bei dem harten Einsatz der Männer und Frauen vor Ort, die im Team zur Sache gehen, wenn es gilt. Und es hat gegolten, besonders dann und dann, als das und das bewältigt werden mußte. Einstieg und Überleitung haben Sie auf diese Weise perfekt gelöst. Nun können Sie Dank sagen, loben, Glück, Erfolg und alles übrige wünschen – die Hörer oder Leser sind bis hierher gekommen. Und um die ging es Ihnen doch, oder?
Wir machen hier keine trockene Theorie! Nachfolgendes Grußwort ist nach dem vorstehenden Fahrplan aufgebaut. Lesen – und beurteilen – Sie selbst:
»Feuerwehrleute dürfen nicht auf dem Schlauch stehen! Im Gegenteil! Schnelligkeit ist gefragt bei der Lösung schwierigster Probleme. Ein Tanklaster droht auszulaufen; ein Heuschober steht kurz davor,

in Flammen aufzugehen; eine Schwerverwundete muß schnellstens aus ihrem Autowrack herausgeschnitten werden; ein Verzweifelter droht mit einem Sprung in die Tiefe – die Gelegenheiten, zu denen die Feuerwehr ausrückt, um zu retten, zu löschen, zu bergen oder zu schützen, sind so vielfältig wie das Leben schlechthin.
45 Frauen und Männer sind es, die wir alle rund um die Uhr erreichen können. Sie halten Wacht, damit wir alle ruhig schlafen können, hier in ... Und wir tun es auch! Obgleich wir wissen, daß die Gefahren, die auf uns lauern, vielfältig sind. Eine glimmende Zigarettenkippe genügt, eine angebohrte Elektroleitung kann ausreichen, ein geplatzter Wasserschlauch ist genug, um ein Unglück oder eine Katastrophe heraufzubeschwören. Dann rettet die Feuerwehr, was zu retten ist.
Ungezählten Menschen hat die Wehr in den Jahren seit ihrer Gründung geholfen. Millionenschäden hat sie verhindert. Viele hundertmal hat sie Gefahren abgewendet. Dafür gilt es Dank zu sagen. Ich tue dies heute. Dienst bei der Feuerwehr ist Dienst am Nächsten, ein Engagement, das wir gerade in unseren Tagen, wo sich viele Mitbürger auf dem ›Egotrip‹ befinden, gar nicht oft genug honorieren können. Die heutige Feier ist ein würdevoller Rahmen für diesen Dank von uns allen an die Mitglieder der Freiwilligen Feuerwehr XY.«
Da hören die Leute zu! Oder sie lesen es – sogar bis zum letzten Satz. Mit einem pointierten Einstieg haben Sie Ihre Zielgruppe aufmerksam gemacht, mit einer lebendigen Überleitung das Interesse wachgehalten und mit der direkten Ansprache den Dank am Schluß verbunden.
Wie sieht es denn in der Praxis aus? Wenn Sie nicht Schirmherr sind, haben Sie einige Redner vor sich. Alle sagen im Prinzip das gleiche. Da hört niemand

mehr hin. Oder in der Festschrift stehen zehn AVG vor Ihrem, und das wird flüchtig überblättert.
Genau dies aber wollen Sie doch nicht. Sie haben eine Botschaft zu übermitteln, Sie haben etwas zu sagen, modern ausgedrückt: Ihre Message soll »rüberkommen«. Das schaffen Sie im Zweifel mit einem guten, weil passenden Zitat. Auch hier ein Beispiel: Im Volksmund gibt es den Satz vom »Adlerauge«, das »wachsam« sein soll. Damit starten Sie Ihr Grußwort:
» ›Adlerauge, sei wachsam!‹, sagt der Volksmund, wenn es darum geht, etwas mit besonders kritischem Blick unter die Lupe zu nehmen. Beides ist Schützen bestens geläufig: zum einen das kritische Bemessen von Problemen, die sich auf Distanz stellen, zum anderen das Einjustieren des Zielpunktes durch das Adlerauge.«
Und so weiter und so fort. Sie finden die Fortsetzung dieses treffenden Grußworts unter dem Thema *Schützen* auf Seite 70.
Ein anderes Beispiel, bei dem Sie aus einem populären Lied zitieren, wird auf Seite 166 ausgeführt. Fast alle kennen Reinhard Meys Song »Über den Wolken«. Nutzen Sie diese Kenntnis Ihrer Hörer und Leser! Ihr Grußwort beim »Fliegerclub« oder bei der »Segelflug-Gesellschaft« beginnt also wie folgt:
» ›Über den Wolken muß die Freiheit wohl grenzenlos sein‹ – ein bekannter Song eines deutschen Liedermachers. Er hat recht, über den Wolken verschwimmen die Grenzen, wird Freiheit erlebbar. Die Probleme beginnen und enden auf dem Boden.«
Jetzt sind Sie genau da, wo Sie stehen, im Kreis der Flieger. Deren ungeteilte Aufmerksamkeit ist Ihnen dadurch sicher, daß sie nicht wissen, wie Sie als Redner oder Schreiber »von so hoch oben« herunter in die »Niederungen« der Probleme, Sorgen und Fragen vor Ort kommen wollen. Doch das haben Sie

durch den dritten Satz geschafft: »Die Probleme beginnen und enden auf dem Boden.«
Mit ein wenig Übung – und mit ausreichend Mut – wird Ihnen dieser Stil alsbald in Fleisch und Blut übergehen. Und Sie werden sehr schnell merken, daß die Leute Ihre Grußworte zu schätzen wissen, weil sie interessant sind und dadurch Aufmerksamkeit erregen. Sie – niemand sonst – setzen den Farbtupfer im Kommersgrau oder in der sich hinquälenden Festzeltversammlung.
Sie merken schon – im wesentlichen dreht sich bei einem guten, einem besseren Grußwort vieles um den ersten Satz. Wenn der sitzt, haben Sie gewonnen. Folglich müssen Sie sich besonders auf diesen ersten Satz konzentrieren. Eine kleine Hilfe leisten die am Ende der jeweiligen Kapitel zusammengetragenen Zitate, Redensarten, Volksweisheiten und Sprachkombinationen.
Die nachfolgenden »Muster«-Grußworte bieten Ihnen einen weiteren Vorteil: Viele sind quasi mühelos miteinander kombinierbar und ergeben auf diese Weise neue Grußworte. Auch hier ein Beispiel:
Mit den ersten drei Absätzen auf Seite 45 und dem vierten Absatz auf Seite 44 bauen Sie sich ein neues, interessantes und ansprechendes »Sport«-Grußwort zusammen. Blättern Sie nach!
An dieser Stelle – sozusagen als abschließender Rat – noch ein wichtiger Tip: Sammeln Sie Zitate, Aphorismen, Sprüche, griffige Werbeslogans, oder fragen Sie Ihre Kinder nach dem derzeitigen Spitzenreiter der »Top-Ten« der Musik. Und blättern Sie rasch nach, welcher Film gerade ein »Renner« ist, welcher Buchtitel die Bezeichnung »Bestseller« trägt, welche Schlagzeile die Presse beherrscht. Sie brauchen dies zu irgendeiner Gelegenheit, um ein gutes Grußwort zu erstellen oder vorzutragen. Nicht umsonst besaß John F. Kennedy, der US-amerikanische Präsident,

eine unübersehbar große Zettelsammlung mit Zitaten und Aussprüchen. Und völlig zu Recht stellte der französische Schriftsteller Joseph Roux fest: »Ein gutes Zitat ist ein Diamant am Finger eines geistreichen Menschen und ein Pflasterstein in der Hand eines Narren.« Nun gehen Sie frohen Mutes an die Arbeit, die Ihnen sicherlich noch leichter von der Hand gehen wird, wenn Sie den folgenden Ratschlag Martin Luthers beachten:

»Tritt frisch auf,
mach's Maul auf,
hör bald auf!«-

Feuerwehr

Wohltätig ist des Feuers Macht,
wenn sie der Mensch
bezähmt, bewacht.

Friedrich Schiller

25. Jubiläum einer Freiwilligen Feuerwehr

Eine im täglichen Leben häufig gestellte Frage lautet: »Wo brennt's denn?« Gemeint ist damit der Fall, daß etwas besonders schnell gehen muß. Der Ausdruck ist daher treffend gewählt. Feuer und Schnelligkeit haben in zweifacher Hinsicht miteinander zu tun. Gelingt es, ein Feuer in der ersten Minute noch mit einem Glas Wasser zu löschen, so wird in der zweiten Minute bereits ein Eimer benötigt und in der dritten gar ein ganzes Faß. So schnell frißt sich Feuer voran – und so schnell muß dann auch die Feuerwehr sein. Allerdings befindet sie sich im Nachteil: Häufig genug wird ein Brand erst dann entdeckt, wenn schon zehn Fässer Wasser nicht mehr ausreichen, ihn zu löschen.

Eine unabdingbare Voraussetzung dafür, noch zu retten, was zu retten ist, besteht neben der großen Geschwindigkeit auch im hohen Können der Wehren. Unsere haben beides: herausragend gute Alarmierungszeiten und einen besonders hohen Ausbildungsstand. Mit enormem Fleiß und Idealismus sind die Mitglieder der Wehren bei Übungen und Einsätzen dabei. Dies ist gute, gestandene Tradition.

Sie, liebe Feuerwehrmänner und -frauen, wahren diese guten Eigenschaften. Seit einem Vierteljahrhundert leisten Sie Dienst an Ihren Mitmenschen, retten, löschen, bergen, schützen Sie deren Hab und Gut. Und Sie verstehen es, junge Leute zu aktivieren und zu begeistern. Es ist dies ein großes Verdienst für die Allgemeinheit, das hier eine besondere Würdigung erfahren soll. Ich möchte Sie anläßlich Ihres 25. Jubiläums, das mit dem Gemeindefeuerwehrtag und dem Bezirksfeuerwehrtag verbunden ist, ermuntern, dieses Engagement auch für die Zukunft beizubehalten.

50. Jubiläum einer Freiwilligen Feuerwehr

»Einer für alle – alle für einen.« Unter diesem Motto bildeten sich schon in früheren Zeiten verschworene Gemeinschaften, die bereit waren, für ihre Ziele uneingeschränkt einzutreten. Sicherlich haben nicht alle dieser so geschlossenen Bünde den Heiligenschein getragen. Ohne Zweifel ist das Motto des öfteren auch mißbraucht worden. Seinen tieferen Sinn aber hat es behalten.

Für unsere Feuerwehr gilt der Leitspruch noch heute. Die Männer und Frauen dort bilden eine Gemeinschaft, ihre Leistungskraft ist weit über den Landkreis hinaus bekannt und anerkannt. Spitzenzeiten bei der Alarmierung, ein hoher Ausbildungsstand und die enorme Einsatzbereitschaft der freiwilligen Helferinnen und Helfer garantieren, daß im Notfall Hilfe rasch und umfassend gewährt wird.

Dies ist nicht erst seit heute so. Die Feuerwehr ... begeht bereits ihren 50. Geburtstag. Es sind dies fünf lange Jahrzehnte, in denen die Wehr dafür Sorge getragen hat, daß gerettet, gelöscht, geborgen und geschützt wurde an Orten und in Zeiten von Not.

Da wurde nicht lange gefragt; rasches, zielgerichtetes und sicheres Eingreifen war gefordert und wurde erbracht. Mit diesem Engagement haben sich die Feuerwehrkameradinnen und -kameraden den Dank und die Anerkennung ihrer Mitbürger erarbeitet. Und sie haben zugleich jüngeren Menschen als Beispiel gedient. Wie erfolgreich dieses vorgelebte Beispiel gewesen ist, beweisen das 10jährige Bestehen der Jugendwehr und der fünfte Jahrestag der Aufnahme und Übernahme von Mädchen und Frauen in die Feuerwehr.

Eine Jubiläumsfeier aus dreifachem Grunde ist auch Anlaß zu besonderer Freude. Ich hoffe, daß die Feiern zum Feuerwehrjubiläum die Bürger von … noch enger zusammenschweißen werden. Ich wünsche Ihnen allen frohe und gesellige Stunden.

50jähriges Bestehen einer Freiwilligen Feuerwehr

Gehen wir heute nicht oft recht leichtfertig mit Begriffen um, die noch vor Jahrzehnten die Menschen in Angst und Schrecken versetzten? Brand, Glut und Flammen sind Begriffe, hinter denen sich ein Element verbirgt, das zum Nutzen, aber auch zur Geißel des Menschen werden kann. Denken Sie einmal darüber nach, wie oft folgende Sätze angewandt werden: »Jemandem qualmen die Socken«; »Einer geht für einen anderen durchs Feuer«; »Dafür ist sie Feuer und Flamme«; »Ich bin abgebrannt«. Dies sind Worte, die der zwiespältigen Verbundenheit des Menschen zum Element Feuer Ausdruck verleihen.
Dem aber steht ein modernes Wort entgegen: »Schnell sein wie die Feuerwehr«. Auf die Verinnerlichung dieses Ausspruches führe ich zurück, daß eine Feuersbrunst heutzutage kaum noch in dem Maße vorstellbar ist wie vor vielen Jahren. Sicherlich kommt hinzu, daß moderne Technik das ihre leistet: Sprinkleranlagen, Rauchwarngeräte und Blitzableiter sind Einrichtungen, die uns warnen und schützen vor dem Ausbruch eines Feuers. Sollte es dennoch brennen, beweisen unsere Wehren immer wieder durch ihre beispielhaften Alarmierungszeiten, wie hoch ihr Ausbildungsstand ist.
So auch Sie, liebe Feuerwehrkameradinnen und -kameraden der Freiwilligen Feuerwehr …, die Sie in

diesen Tagen Ihr 50. Jubiläum feiern. Feuerwehrdienst ist einerseits harter Einsatz, ist die ständige Bereitschaft zum Dienst am Nächsten, ist die Fähigkeit zum Umgang mit modernem Gerät. Dienst in der Wehr bedeutet aber auch ein Stück Geselligkeit, ein gutes Stück Kameradschaft.
Für das erste möchte ich Ihnen meinen aufrichtigen Dank aussprechen und verbinde dies mit der Hoffnung, daß Sie auch in Zukunft zu Ihrem Engagement bereit sein werden. Zum zweiten möchte ich Ihnen sagen, daß Sie Ihr Jubiläum mit großer Freude und Gelassenheit und der sprichwörtlichen Feuerwehrkameradschaft feiern mögen.

50. Jubiläum einer Freiwilligen Feuerwehr, verbunden mit dem Stadtfeuerwehrtag

Es waren erschütternde Bilder, die uns vor wenigen Tagen im Fernsehen gezeigt wurden: (Beispiel: Ein brennender Reisebus bei …, in dem 82 Menschen ums Leben kamen. Ein Flugzeugabsturz in …, bei dem 13 Menschen den Tod fanden.)
So schockierend diese Nachrichten für uns, die wir als Nichtbetroffene abseits stehen, auch sein mögen, so aufrüttelnd sind sie zugleich. Sie öffnen unseren Blick für die Notwendigkeit eines umfassenden Brandschutzes. Schreckensnachrichten zeigen uns, daß wir auch im Zeitalter moderner Technologien, modernster Baustoffe und umfangreicher Sicherheitsmaßnahmen immer mit der Gefahr leben müssen, eines Tages von einer Katastrophe, wie etwa einem Brand, überrascht zu werden.

Wenn es brennt, ist schnelle Hilfe geboten. Und es »brennt« an vielen Orten: Sei es, daß ein Lastzug umkippt, sei es, daß Chemikalien das Grundwasser bedrohen, sei es, daß ein Verunglückter eingeklemmt in seinem Fahrzeug leidet, sei es, daß ein Feuer ausgebrochen ist. Wo immer Not herrscht, ist die Feuerwehr bereit einzugreifen.

Wenn die Bürger heute in weitgehender Sicherheit schlafen können, dann verdanken sie dies den wachsamen Frauen und Männern in unseren Freiwilligen Feuerwehren. Sicherlich, Unglücke wie die geschilderten sind auch in unserem Lande nicht auszuschließen. Doch die große Furcht vor der überraschenden Macht des Feuers muß in der Bevölkerung nicht mehr grassieren. Wir alle wissen, daß unsere Wehren mit modernstem Gerät ausgestattet sind und die Menschen, die mit diesem Gerät umgehen, ständig geschult werden. Der Einsatz und das Engagement der freiwilligen Helfer schützen unser Hab und Gut, schützen unser Leben.

Dafür gebührt diesen Frauen und Männern unser aller Dank. Wenn Sie, liebe Kameraden und Kameradinnen von der Freiwilligen Feuerwehr …, in diesem Jahr das 50. Jubiläum Ihrer Wehr feiern, dann können Sie mit Stolz auf die Leistungen der Vergangenheit zurückblicken. In zahllosen Fällen haben Sie gerettet, gelöscht, geborgen und geschützt. Ich möchte Sie ermuntern, dieses Engagement, diese aufopferungsvolle Tätigkeit im Geiste christlicher Nächstenliebe sich für die kommenden Jahrzehnte zu bewahren und an diejenigen weiterzugeben, die heute in den Jugendwehren bereitstehen, um eines Tages in die Reihen der Einsatzabteilungen aufgenommen zu werden. Für Ihr Fest wünsche ich Ihnen Freude im Geiste guter Kameradschaft.

50. Jubiläum einer Freiwilligen Feuerwehr, verbunden mit dem Bezirksfeuerwehrtag

Unsere Vereine sind die Stützen unserer Gesellschaft. Ob für den Sport, die Kameradschaft oder die Geselligkeit – für jedermann stehen sie offen und geben Gelegenheit zur sinnvollen Beschäftigung in der Freizeit. Die Feuerwehren im Landkreis bilden jedoch in der großen Zahl der Verbände und Vereine eine Besonderheit. Ihre Aufgabe ist es nicht nur, Kameradschaft zu fördern, sie leisten auch Dienst am Nächsten.

Harter körperlicher Einsatz, Mut und der Wille, helfen zu wollen, zeichnen die freiwilligen Helferinnen und Helfer in den Feuerwehren aus. Es sind Tugenden, die in unseren Tagen nicht mehr unbedingt zur Selbstverständlichkeit zählen, zumal die Mitglieder unserer Wehren ihren häufig genug gefährlichen Einsatz uneigennützig erbringen. Dafür gebührt ihnen der Dank aller.

Seit fünf Jahrzehnten stehen die Frauen und Männer der Freiwilligen Feuerwehr in ... bereit, um zu retten, zu löschen, zu bergen und zu schützen. Es ist ein stolzes Jubiläum: 50 Jahre lang dienen sie Gott zur Ehr' und dem Nächsten zur Wehr. Sie haben allen Grund, ihren Feuerwehr-Geburtstag groß zu feiern. Daß dabei gleichzeitig der Bezirksfeuerwehrtag begangen wird, zeichnet die Freiwillige Feuerwehr aus. Ich wünsche allen Frauen und Männern der Wehr gesellige, kameradschaftliche Tage. Und ich verbinde diesen Wunsch mit der Bitte, auch in der Zukunft zum Wohle Ihrer Mitmenschen aktiv zu sein.

50jähriges Bestehen einer Freiwilligen Feuerwehr sowie 15jähriges Bestehen der Jugendfeuerwehr und des Musikzuges

»Flammendes Inferno« lautet der Titel eines bekannten Kinofilms, der als Kassenmagnet die Zuschauer vor die Leinwände zog. Inhalt: Ein Hochhaus steht in Flammen, verzweifelt versuchen Menschen, sich zu retten. Ebenso verzweifelt trachten Feuerwehrleute, des Brandes Herr zu werden.

Warum erwähne ich das? Ich will damit aufzeigen, daß Feuer eine lebensbedrohende Gefahr für den Menschen darstellen kann. Ich möchte aber ebenso darauf hinweisen, daß es mutige und einsatzbereite Männer und Frauen gibt, die sich dieser Gefahr stellen und sie einzudämmen versuchen.

Tagtäglich erreichen uns Nachrichten, daß durch Brände Menschenleben in Gefahr gerieten, daß Menschen sterben mußten. Doch trotz dieser Schockmeldungen hat die Brandgefahr heute nicht mehr den Schrecken, der ihr noch vor wenigen Jahrzehnten anhaftete. Dies ist unseren Wehren zu verdanken. Sie sind schnell, gut geschult, einsatzfreudig und selbstlos hilfsbereit.

In der Freiwilligen Feuerwehr … leisten seit fünf Jahrzehnten Frauen und Männer Dienst am und für den Nächsten. Rund um die Uhr stehen sie bereit, um zu löschen, zu retten, zu bergen und zu schützen. Dafür sage ich Ihnen Dank. Ich beziehe gleichzeitig meinen Dank für Ihre Jugendarbeit mit ein. Vor 15 Jahren wurde die Jugendfeuerwehr gegründet, und mit Sicherheit leisten heute viele Bürger, die einst in der Jugendwehr waren, Dienst in den Einsatzabteilungen. Und daß neben dem Dienst der Gemeinsinn nicht zu kurz kommt, beweist die Existenz des Musikzuges. Nur dort, wo gemeinsames

Singen, Musizieren und Feiern möglich ist, wird bei einem Ernstfall auch der erforderliche Teamgeist herrschen, um wirkungsvoll helfen zu können.
Ich wünsche der Freiwilligen Feuerwehr ... zu ihren Jubiläen, daß die Tugenden der Hilfsbereitschaft, der Nächstenliebe und der Freundschaft das Vereinsleben auch in den kommenden Jahren prägen.

125jähriges Bestehen einer Freiwilligen Feuerwehr

»Wohltätig ist des Feuers Macht, wenn sie der Mensch bezähmt, bewacht« schrieb einst Friedrich Schiller im »Lied von der Glocke« und fügte hinzu, daß der Mensch viele seiner Errungenschaften der Kraft dieses Elements verdanke. Feuer also als etwas Positives, Helfendes. Doch Schiller kannte auch das Vernichtende dieser Himmelsmacht: »Wehe, wenn sie losgelassen, wachsend ohne Widerstand, durch die volkbelebten Gassen, wälzt den ungeheuren Brand.« Diese nahezu 200 Jahre alten Worte haben im Grunde ihre Bedeutung bis heute nicht verloren. Die Brandgefahr konnte nicht wie die Pest oder andere Seuchen von der Erde verbannt werden. Heute, wie damals zu Schillers Zeiten, sind die Menschen bedroht von Flammen, Qualm und Hitze. Die Gefahr an sich ist die gleiche – aber sie ist gottlob nicht gleich groß geblieben.
Wir haben heutzutage moderne, schlagkräftige, wachsame und gut ausgerüstete Feuerwehren. Bestes Gerät, praxisorientierte harte Ausbildung und vorbildlicher Idealismus, der seinen besten Niederschlag in den enorm kurzen Alarmierungszeiten findet,

lassen die Bürger heute ruhiger schlafen. Sie wissen, im Notfall sind die Frauen und Männer der Feuerwehr schnell zur Stelle, haben das erforderliche Rüstzeug und retten, löschen, bergen und schützen, wo immer es möglich ist.
Für diesen Dienst gilt den Einsatzabteilungen der Freiwilligen Feuerwehren unser aller Dank. So auch Ihnen, liebe Kameradinnen und Kameraden der Freiwilligen Feuerwehr …, die Sie in diesen Tagen auf das 125jährige Bestehen zurückschauen können. Mut, Fleiß und Einsatzbereitschaft kennzeichnen den Weg Ihrer Wehr seit mehr als einem Jahrhundert. Ich möchte Sie bitten, in diesem Dienst am Nächsten auch in der Zukunft nicht nachzulassen. Wir alle brauchen Sie.

Kreisjugendfeuerwehrtag anlässlich des 10jährigen Bestehens einer Jugendfeuerwehr

Der Landkreis … ist stolz auf die Leistung und Arbeit seiner Jugendfeuerwehr. Die mehr als 1 400 Jungen und Mädchen, die Mitglieder in 81 Gruppen sind, stehen im Landes- wie im Bundesvergleich immer im vordersten Leistungsbereich. Der Ausbildungsstand ist somit nachgewiesenermaßen hoch, und die guten Erfolge beweisen, daß die Mitglieder gerne bereit sind, Einsatz und Leistung zu erbringen. Freiwillig und ohne Entgelt.
Dies ist in einer Zeit, in der der Begriff der Leistung als Tugend bei vielen verpönt ist, keineswegs selbstverständlich. Aussteigermentalität, Null-Bock-Ansichten und Antihaltung haben in den vergangenen

Jahren zunehmend das Bild der Jugend in der Öffentlichkeit geprägt. Immer wieder gab es Versuche, der Allgemeinheit vorzuführen, junge Leute gäben sich lieber süßem Nichtstun hin, als sich für die Gemeinschaft oder für sich selber zu engagieren.
Dieser Eindruck der Jugend ist zweifellos verzerrt und spiegelt allenfalls Randgruppen wider. Denn daß es auch Mädchen und Jungen gibt, die »einsteigen«, die sich aktivieren und motivieren für ein Miteinander, das beweisen die zahllosen Jugendvereine, -verbände und -organisationen, die es bei uns gibt.
Der Kreisjugendfeuerwehrverband ist einer der größten und aktivsten Jugendverbände, die wir haben. Ich bin froh, daß in dieser Nachwuchsorganisation unserer Einsatzabteilungen so viele junge Leute Selbstverwirklichung betreiben, ihrem Hobby nachgehen und Engagement zeigen. Feuerwehrmitglied zu sein bedeutet harten Einsatz zu bringen an dem modernen Gerät, heißt Bereitschaft zu zeigen für die komplizierte theoretische Ausbildung und heißt vor allen Dingen Wachsamkeit rund um die Uhr.
Wenn wir heute im Landkreis ... in allen Gemeinden hervorragende Einsatzabteilungen haben, dann ist dies sicherlich auch ein Verdienst der guten Jugendarbeit, denn die einzelnen Abteilungen rekrutieren sich aus ihrem Nachwuchs.
Ich wünsche daher den Mitgliedern der Jugendfeuerwehren einen erfolgreichen Verlauf ihres Verbandstages und verbinde diesen Wunsch mit der Hoffnung, daß auch in Zukunft zahlreiche junge Leute ein Zuhause bei der Feuerwehr finden werden.

Grusswort zur Einweihung der Stützpunktfeuerwache und zum Kreisfeuerwehrtag

»Hoffnungslos«, schrieb Friedrich Schiller 1799 in seinem »Lied von der Glocke«, »weicht der Mensch der Götterstärke.« Er bezog diese Aussage auf die Passage, in der er die Macht der Himmelskraft Feuer beschrieb und formulierte: »Wehe, wenn sie losgelassen, wachsend ohne Widerstand, durch die volkbelebten Gassen, wälzt den ungeheuren Brand.«

Die Menschen früherer Zeiten lebten in ständigem Bangen vor Feuersbrünsten. Schiller faßte diese Furcht in Verse, formte eindrucksvoll die Ängste der Menschen seiner Zeit nach.

Heutzutage ist die Angst vor dem Feuer wesentlich geringer. Die Bürger können ruhig schlafen gehen oder in den Urlaub fahren. Sie wissen, daß die Wehren in ihren Städten und Dörfern allzeit bereitstehen, um zu retten, zu löschen, zu bergen und zu schützen.

Feuerwehr heute, das bedeutet blitzschnelle Alarmeinsätze, zielgenaues Brandbekämpfen, optimierte Sicherung und lebenserhaltende Rettungsmaßnahmen. Feuerwehr heute, das sind umfassendes technisches Know-how und freiwillige Leistungsbereitschaft im Dienst am Menschen und der Sache.

Der Einsatz und das Engagement der vielen hundert freiwilligen Feuerwehrmänner und -frauen kann gar nicht hoch genug eingeschätzt werden. Unentgeltlich und in ihrer Freizeit trainieren sie in der Uniform der Feuerwehr für den Ernstfall, der hoffentlich selten oder nie eintreten möge. Nachweisbar ist der Ausbildungsstand der Freiwilligen Feuerwehr … hervorragend. Vorbildlich ist auch der Einsatzwille. Und die Alarmierungszeiten belegen, daß auf die Wehr Verlaß ist, schnell zur Stelle zu sein, wenn es gilt. Mit der Inbetriebnahme der Stützpunktfeuerwache erhalten sie nun auch noch ein hervorragendes Gebäude, das Ansporn sein soll, den Rettungsstandard zu erhalten und weiter auszubauen. Ich bin sicher, die Frauen und Männer in der … Wehr werden diesem Anspruch gerecht. Ich wünsche Ihnen allen erfolgreiche und mitmenschlich harmonische Tage in ….

Zitate zum Element Feuer

»Feuer soll man nicht in Papier einhüllen.«

Chinesisches Sprichwort

»Wohltätig ist des Feuers Macht, wenn sie der Mensch bezähmt, bewacht.«

Friedrich Schiller, »Das Lied von der Glocke«

»Bist mit dem Teufel du und du, und willst dich vor der Flamme scheuen?«

Johann Wolfgang von Goethe, »Faust«

»Lodernde Flammen schlagen zum Himmel.«

Giuseppe Verdi , »Der Troubadour«

»Achtung verdient, wer erfüllt, was er vermag.«

Sophokles, griech. Philosoph

»Mut ist eine Sache der behutsamen Balance.«

Gottfried Edel, dt. Aphoristiker

»Das Feuer ergreift unaufhaltsam, was von Brennbarem, Schmelzbarem zu erreichen ist.«

Johann Wolfgang von Goethe, »Versuch einer Witterungslehre«

»Was ist schwer zu verbergen? Das Feuer./Denn bei Tage verräts der Rauch,/Bei Nacht die Flamme, das Ungeheuer.«

Johann Wolfgang von Goethe, »West-östlicher Divan«

»Unwillig, wie sich Feuer gegen Wasser/Im Kampfe wehrt und gischend seinen Feind/Zu tilgen sucht ...«

Johann Wolfgang von Goethe, »Iphigenie auf Tauris«

»Keine Kommune schafft die Feuerwehr ab, weil es ein paar Tage nicht gebrannt hat.«

Eckart Werthebach, Präsident des Bundesamtes für Verfassungsschutz

Redensarten

»jemandem Feuer unter dem Hintern machen« – jemanden antreiben
»Feuer im Dach haben« – leidenschaftlich sein (Redensart ist schon im 15. Jahrhundert belegt)
»Das kann ich nicht aus dem Feuer reißen.« – dazu brauche ich Zeit
»Der Liebe und dem Feuer muß man beizeiten wehren.«
»Es (das Feuer) brennt ihm auf den Nägeln.« – es ist sehr eilig

»für jemanden durchs Feuer gehen« – alles für jemanden tun
»für jemanden die Hand ins Feuer legen« – für jemanden bürgen
»Öl ins Feuer gießen« – einen Streit schüren
»Wer das Feuer haben will, muß den Rauch leiden.«
»Wer ins Feuer bläst, dem fliegen die Funken in die Augen.« – Mutwille
»zwei Eisen im Feuer haben« – mehrere Pläne verfolgen
»zwischen zwei Feuer geraten« – von zwei Seiten bedrängt werden
»Feuer brennt in der Nähe, ein schönes Weib nah und fern.«
»Feuer und Flamme sein« – sofort hellauf begeistert sein
»Feuer fangen« – sich schnell begeistern, verlieben
»mit dem Feuer spielen« – leichtsinnig eine Gefahr herausfordern

VOLKSWEISHEITEN

Die Spritze, die morgen kommt, löscht heute kein Feuer.
Ein Fünkchen ist auch Feuer.
Es ist bald ein Feuer angeblasen, aber nicht so bald gelöscht.
Feuer ist ein guter Diener, aber ein schlimmer Meister.
Feuer verzehrt, Wasser ernährt.
Gebranntes Kind scheut das Feuer.
Schreien löscht das Feuer nicht.
Wer löschen will, darf das Feuer nicht fürchten.
Die Flamme ist die Seele des Feuers.
Kein Rauch ohne Feuer.
Wenn Bacchus das Feuer schürt, sitzt Venus am Ofen.

Feueralarm
Feueranbeter
Feueranzünder
Feuerball
Feuerbestattung
Feuereifer
Feuerfestigkeit
Feuergefahr
Feuergefecht
Feuerglocke
Feuergott
Feuerhaken
Feuerholz
Feuerleiter
Feuerlöscher
Feuermeer
Feuermelder
Feuerprobe
Feuersäule
Feuersbrunst
Feuerschaden
Feuerschlucker
Feuertaufe
Feuerteufel
Feuerversicherung
Feuerwache
Feuerwasser
Feuerwehr
Feuerwerk
Feuerzauber
Feuerzeug
Brandmauer
Brandstifter
Flammenmeer
Flammentod
Flammenwerfer

Sport/Turnen

Wer
sich
selbst
besiegt,
ist stark.

Laotse

Von Turnvater Jahn stammt der Wahlspruch »frisch-fromm-fröhlich-frei«, der noch heute zahlreiche Wimpel, Flaggen und Standarten deutscher Sportvereine ziert. Vor mehr als 100 Jahren übersetzte Friedrich Ludwig Jahn mit diesen vier Begriffen eine Weisheit der alten Römer ins Deutsche, die besagt, daß ein gesunder Geist in untrennbarer Verbundenheit mit einem gesunden Körper steht.
Im 19. Jahrhundert war es für die deutschen Arbeiter, Handwerker und Bauern ungleich schwierig, diesem Wahlspruch die Gefolgschaft zu erbringen. Aus der Geschichte heraus hatten nur zwei Begriffe Bedeutung: »ora et labora« – »Bete und arbeite«. Viel Zeit für Freizeit blieb damals nicht.
Dies hat sich grundlegend geändert. Die Freiräume des Menschen in unserer modernen Gesellschaft sind gewachsen, ja sie haben sogar für einige Mitglieder der gesellschaftlichen Gemeinschaft das Problem der Langeweile aufkommen lassen. Sportler betrifft das nicht. Wer heute einem unserer zahlreichen Vereine beitritt, erlebt neben sportlichem Wettstreit auch das gesellige Miteinander.
In der Sportgemeinschaft ... hat beides gute Tradition, denn der Verein ist seit nunmehr 25 Jahren aktiv. Mit seiner Mitgliederzahl beweist er, daß er aus der Mitte der Bürgerschaft heraus lebt. Fairer Wettkampf und sportliches Miteinander im gemeinschaftlichen Kräftemessen sind seine Hauptaufgaben. Daneben gilt es, die Jugend zu aktivieren, zu gewinnen und zu begeistern. Wichtig ist aber auch die Geselligkeit. Und diese soll bei der Feier zum 25. Jubiläum nicht zu kurz kommen. Für ihr Fest wünsche ich der Sportgemeinschaft ... einen harmonischen Verlauf, der auch unter Turnvater Jahns Wahlspruch stehen soll.

Welle auf Welle ist über den großen Teich zu uns herübergeschwappt: Jogging, Stretching, Aerobic, Bodybuilding und sonstige exotische Fitneßprogramme haben uns aus dem »Land der unbegrenzten Möglichkeiten« erreicht. Wie Pilze nach einem warmen Spätsommerregen sind entsprechende Vereine aus dem Boden geschossen. Beinahe genausoschnell sind sie wieder dahingewelkt, weil die Welle abebbte und eine andere »in« wurde.

Wie solide, wie fest verwurzelt in Turnvater Jahns Tradition stehen demgegenüber unsere einheimischen Vereine. Erwachsen aus der Geschichte, ihrer Heimat und den darin lebenden Menschen sind unsere Vereine in den bis zu mehr als 100 Jahren ihres Bestehens nie Modeerscheinung, nie kurzlebiges Strohfeuer gewesen. Sie haben es geschafft, den Menschen Heimat zu geben. Zugleich konnten sie ihren Zielen nachgehen und Mitglieder wie Freunde in einer Gemeinschaft Gleichgesinnter vereinigen.

Seit sechs Jahrzehnten zählt die Sportgemeinschaft ... zu denjenigen Vereinen, die sich sportlicher Betätigung ebenso widmen wie der Geselligkeit, der Kameradschaft, dem Miteinander. Seit 60 Jahren führt der Verein jung und alt zusammen, lehrt sie, trainiert sie, übt sie im fairen Wettstreit.

Diese Aktivitäten sind unverzichtbar. Unsere Gesellschaft wäre um vieles ärmer, gäbe es nicht Vereine wie die Sportgemeinschaft .... Daher soll und muß das Engagement derer, die einen Verein leiten, die seinen Vorstand bilden, sein Training absolvieren und seine Feste arrangieren, den Dank der Allgemeinheit finden. Ich möchte der Sportgemeinschaft ... heute diesen Dank abstatten. Ich verbinde dies mit der Hoffnung, daß das schönste Dankeschön und die größte Anerkennung der Gemeinschaft dadurch zuteil werden, daß zahlreiche Gäste die Geburtstagsfeier besuchen. Dazu wünsche ich Ihnen allen viel Vergnügen und Erfolg.

75. Jubiläum eines Sportvereins

Der Volksmund beschreibt Sport als »die schönste Nebensache der Welt«. Recht hat er. Doch damit allein wäre es nicht getan. Dort nämlich, wo die Voraussetzungen fehlen oder wo Enge und Platznot herrschen, dort wird Sport allenfalls noch zur Nebensache, aber nicht mehr schön.
Für uns, die im Landkreis ... politisch Verantwortlichen, ist die Förderung des Breiten- wie des Spitzensports eine Hauptsache. Wir schaffen Voraussetzungen, indem wir Hallen errichten, Anlagen, Sportplätze und vieles mehr aus dem Kreishaushalt bezuschussen oder mitfinanzieren. Dies geschieht in dem Wissen, daß Geld, das für den Sport ausgegeben wird, kaum besser hätte angelegt werden können.
Sport fördert die Gemeinschaft. Dies ist insbesondere in einer Zeit wichtig, in der die Sprachlosigkeit voranschreitet. Sport fördert aber auch die Erziehung der Jugend zu Tugenden wie Fairneß, Geduld und Kameradschaft. Dies sind Werte, die auch über den Sport hinaus im täglichen Leben von großer Bedeutung sind.
Im Sportverein ... werden seit nunmehr 75 Jahren Menschen aus allen Altersstufen zusammengeführt. Dies ist die gesellschaftspolitisch wichtigste Aufgabe eines jeden Vereins. Darüber hinaus geht es um die sportliche Betätigung, die im SV ... in den Sparten Fußball, Tischtennis und Tennis stattfindet.

Ich danke allen Verantwortlichen des SV …, die die gute Arbeit des Vereins sicherstellen. Ich möchte Sie, wie auch alle Mitglieder und Freunde des traditionsreichen Vereins bitten und ermuntern, auch weiterhin für die Allgemeinheit und für Ihre Sportler aktiv zu wirken. Ich verbinde diesen Wunsch mit meinem aufrichtigen Dank für die Leistungen in der Vergangenheit.

85. Jubiläum eines Spielvereins

Er existiert seit einem Menschengedenken, der Spielverein …. Er hat, während der Kaiserzeit gegründet, alle Höhen und Tiefen dieses Jahrhunderts miterlebt. Vor allem aber: er hat überdauert. Heute ist … einer der größten Vereine in der Stadt und im Landkreis. Was mag es sein, das so viele Menschen in Vereine zieht, das dem … Spielverein über die Jahrzehnte hinweg einen enormen Zulauf brachte? Wir alle lieben die Geselligkeit. »Es ist nicht gut, daß der Mensch allein sei«, weiß das Alte Testament zu berichten. An dieser Feststellung hat sich bis in unsere Tage nichts geändert.
Vereine sind Horte der Kameradschaft, der zwischenmenschlichen Begegnung, der Geselligkeit; zusätzlich zu ihrem Zweck, gleiche Interessen gemeinsam zu verwirklichen.
In Sportvereinen verbinden sich diese Ansprüche darüber hinaus durch den Wettstreit der Geschicklichkeit, der Kraft, der Geschwindigkeit oder der Millimeterarbeit. Eine Zeitlang mißt man die Kräfte miteinander, um anschließend, Sieger und Verlierer, zu feiern.

Genau darin liegt der Reiz des Vereinslebens. Dies ist der Grund, der lange Traditionen von Vereinen begründet hat. Aus diesen Werten schöpfen die Vereine noch heute, vielfach Jahrzehnte nach ihrer Gründung.
Wenn der ... Spielverein sein 85. Vereinsjubiläum begehen kann, dann deshalb, weil er seinen Mitgliedern und Freunden das Gefühl vermittelt hat, ein Ort der Anforderungen ebenso zu sein wie des Miteinanders.
Ich wünsche dem SV ..., daß ihm dies auch in den kommenden Jahrzehnten gelingen möge.

Grusswort für einen Sportclub

Fairplay, Kampfgeist, getragen von guten Erfolgen, und Kameradschaft – eine Sportmannschaft, die diese Ansprüche erfüllt, wird stets gute Leistungen erzielen. Der SC ... hat in den vergangenen Jahren hervorragende Leistungen gezeigt und mit Kampfkraft und sportlichem Ehrgeiz die harten Wettkämpfe in den Handball-Leistungsligen bestanden. Auch für die bevorstehende Saison in der Handball-Oberliga wünsche ich den ... Sportlern neben Teamgeist, Einsatzfreude und mannschaftlichem Elan auch das nötige Glück, um in einer durch starke Konkurrenz gekennzeichneten Handball-Liga bestehen zu können.
Der Bereich Handball ist eine der erfolgreichsten Abteilungen im Sportclub ..., der mit seiner vorbildlichen Jugendarbeit jungen Menschen Raum bietet, sich sportlich zu entfalten. Gleichzeitig können sie aber auch Kameradschaftlichkeit und das Zusammen-

gehörigkeitsgefühl erfahren. Ob Sieg oder Niederlage, das Miteinander ist erlebte Gemeinschaft: gemeinsam gewinnen oder gemeinsam untergehen. Für den SC ... hoffe ich, daß seine Handballerinnen und Handballer mehr Anlaß zur Freude als zum Betrübtsein haben werden.

Grußwort zum Saisonstart eines Sportvereins

Freizeit, so schön sie sein mag, ist zwischenzeitlich für viele unserer Mitbürgerinnen und Mitbürger zu einem Problem geworden. Viele Menschen wissen mit sich selber in ihren Mußestunden nichts anzufangen. Wie anders wäre sonst eine inzwischen florierende und expandierende Freizeitindustrie zu erklären. Aufbauend auf traditionellen Konsumangeboten wie Fernsehen oder Radio, hat seit einigen Jahren eine kaum noch zu überschauende Bandbreite von »Zeit-Killern« Eingang in die heimischen Stuben gefunden. Ich nenne als Beispiel nur Video oder Telespiele. Außerhalb des Hauses sind Flipper, Geldspielautomaten, Geschicklichkeitscomputer und vieles mehr Maschinen, die dem Menschen vorspiegeln, seine freie Zeit sinnvoll zu verbringen.
Die Alternativen zu diesem Konsum sind nicht zuletzt unsere Vereine. Durch sie bietet sich dem Bürger die Möglichkeit, Freizeit aktiv zu gestalten, mitzumachen bei Fußball, Handball oder Volleyball als Mannschafts- oder bei leichtathletischen Disziplinen als Einzelsportarten. Der SC ... ist nicht nur der mitgliederstärkste, er ist auch einer der ältesten Vereine im Landkreis .... Seit Generationen bietet er

unseren Bürgern vielfältige Möglichkeiten, sportlich aktiv zu sein. Dies ist anerkennenswert, gleichzeitig aber auch Verpflichtung für die Zukunft. Jedes einzelne Mitglied sollte sich angesprochen fühlen, junge Menschen dazu aufzufordern, einem Verein beizutreten, weil es gerade die Jüngeren sind, die der »Glitzerwelt« computergesteuerter Illusionsmaschinen zum Opfer zu fallen drohen. Ich weiß, daß die Arbeit für die jungen Menschen und mit ihnen vom SC ... hervorragend geleistet wird. Ich möchte Sie auffordern, dies für die kommende Saison und die nachfolgenden beizubehalten.

10jähriges Bestehen eines Turn- und Leichtathletikvereins

Nur wenigen Menschen ist heute noch bewußt, daß es – bis hinein in die ersten Jahrzehnte des 20. Jahrhunderts – einen historischen Gegensatz zwischen Turnen einerseits und Sport andererseits gab. Turner – das waren diejenigen, die sich den Idealen Friedrich Ludwig Jahns verschrieben hatten. Danach sollte das Turnen nicht nur den Leib üben und den Körper ertüchtigen, sondern vielmehr auch Erziehung zum sittlichen und vaterlandsliebenden Menschen sein. Dem Vater des Gedankens war Turnen ein musisches, ein erzieherisches und ein gemeinschaftsbildendes Anliegen zugleich. Preußisch somit.

Ganz anders der Sport, jene englische, zu Beginn dieser Entwicklung im 19. Jahrhundert weltmännische Form der körperlichen Betätigung. Im Gegensatz zum Turnen sollte der Sport in allen Lebenslagen zu fairem und ritterlichem Verhalten anspornen,

die Menschen verschiedener Herkunft und Kulturbereiche zusammenführen und das Verständnis füreinander wecken.
Heute sind die Gegensätze zwischen Turnen und Sport aufgehoben. Ja, mehr noch, Turnen und Sport sind in Symbiose getreten, existieren in vielen Vereinen gleichberechtigt nebeneinander. Historische Gegensätze, weltanschauliche Unterschiede gibt es in diesem Bereich nicht mehr.
Das ist gut so. Heute arbeiten die Vereine miteinander, nicht gegeneinander. So auch der TLV .... Vor zehn Jahren wurde erkannt, daß es eine Nachfrage nach Turnen und Leichtathletik in ... gibt, daß sich Menschen auch in diesen Bereichen sportlich betätigen wollten. Aus den ersten Anfängen wuchs ein Verein, der heute stark und fest in seiner Heimat verwurzelt ist. Ich beglückwünsche ... zu seinem TLV. Und ich spreche denen meine Hochachtung aus, die vor zehn Jahren eine Idee in die Tat umsetzten. Möge der TLV turnerisch und sportlich weiter so gedeihen wie bisher.

75. Jubiläum eines Turn- und Sportvereins

Turnvater Jahn hätte glänzende Augen bekommen, wenn er von denjenigen Anstrengungen wüßte, die der Landkreis ... unternimmt, um den Vereins-, Breiten- und Schulsport zu fördern. 51 Hallen, darunter zahlreiche Großsporthallen mit internationalen Ausmaßen, stehen den Vereinen zur Verfügung. Kostenlos selbstverständlich. Fast alle sportlichen Einrichtungen, die Vereine, Verbände oder Kommunen in der Vergangenheit errichtet haben, wurden vom

Kreis mit Zuschüssen bedacht. Eine Summe von … wurde durch ein Sonderprogramm innerhalb von drei Jahren an die Vereine ausgeschüttet, die daraus für ihre Nachwuchs- und Jugendabteilungen Gerät und Ausrüstungsgegenstände anschaffen konnten. Bei jedem größeren Vereinsjubiläum gibt es vom Landkreis neben dem Glückwunsch auch einen Scheck als Dankeschön für geleistete Arbeit und Ansporn zu weiteren Aktivitäten.

Man kann die Anstrengungen des Kreises auf folgenden Nenner bringen: Für den Volksmund mag der Sport »die schönste Nebensache der Welt« sein, für die Verantwortlichen im Landkreis … ist die Förderung von Schul-, Breiten-, Vereins- oder Leistungssport eine Hauptsache.

An dieser Auffassung wird sich auch in Zukunft nichts ändern. Ich treffe diese Aussage aus zweierlei Gründen: Zum einen dient sportliche Betätigung der Gesundheit. Zum zweiten vermitteln die Vereine besonders jungen Menschen Tugenden, die für das ganze Leben wichtig sind: Fairneß, Teamgeist, Kameradschaft, Solidarität und Miteinander.

Der Turn- und Sportverein … steht seit 75 Jahren in dieser guten Tradition. Ungezählte junge Menschen haben diese Schule des Sports durchlaufen. Sie sind ideell reich beschenkt worden. Dies ist ein Verdienst, das unseren Vereinen im allgemeinen, dem Turn- und Sportverein aber im besonderen hoch angerechnet werden muß. Ich möchte daher den Verantwortlichen des TSV … herzlich Dank sagen für die erbrachte Arbeit. Ich möchte Sie zugleich ermuntern, auch in Zukunft in dieser guten Tradition weiterzuarbeiten. Für Ihr Vereinsjubiläum wünsche ich Ihnen, daß es getreu nach Turnvater Jahns Motto ablaufen möge: frisch, fromm, fröhlich und frei.

Ist die olympische Idee gescheitert? Noch vor wenigen Jahren war man geneigt, diese Frage mit Ja zu beantworten. Die Politik hatte Olympia überrollt; statt des sportlichen Wettkampfes rangen die Systeme miteinander – zum Schaden der Sportlerinnen und Sportler. Und zum Schaden des völkerverbindenden Gedankens von Olympia.

Dies ist vorbei! Mit den Mauern in Europa sind auch diejenigen Mauern gefallen, die Sportler hinderten, miteinander friedlich wettstreiten zu können. Die olympische Idee hat überlebt und ist heute stärker, denn je: die Jugend der Welt trifft sich, um sich mit anderen zu messen.

In unserem Land sind die Vereine und Verbände die Träger der olympischen Idee. Ihnen kommt eine besondere Rolle zu: Sie machen die Jugend olympiareif und fit. Ich bin sicher, daß sich die Sportvereine dieser Aufgabe bewußt sind. Sie leisten seit Jahren Großartiges. Jedes Mannschaftstraining, jede Förderung der Einzelsportler, jeder Teamgeist ist Hilfe auf dem Weg zu Höchstleistungen, die zudem Spaß bereiten.

Als der Turnverein ... vor 75 Jahren gegründet wurde, war Olympia noch klein. Dies ist heute anders. Und trotzdem werden damals wie heute Tugenden gefordert, die schon Turnvater Jahn kannte: Fairneß, Gemeinschaft, Kameradschaft, Miteinander.

Ich weiß, daß diese Werte im Turnverein ... immer einen gewichtigen Platz hatten – und haben werden. Der Verein hat sich nicht umsonst bis heute weiterentwickelt und ist nun in ... Abteilungen aktiv. Ohne Optimismus, ohne Idealismus wäre dies nie zu schaffen gewesen.

Ich möchte Sie alle daher ermuntern, diesen Weg weiterzugehen. Nur wenn in unseren Vereinen der

Gedanke des fairen Wettkampfes miteinander gepflegt und praktiziert wird, kann die Idee friedlicher Wettkämpfe bestehen.

10. Jubiläum einer Tischtennisabteilung

Die Erkenntnis ist so alt, wie sie wahr ist: Ein gesunder Geist wohnt nur in einem gesunden Körper. Heute wird diese Einsicht modern definiert als Gleichklang von Geist und Körper. Gemeint ist dasselbe: Leistungsbereitschaft, Training, Fitneß, Beweglichkeit, Reaktion.
Sport erfüllt alle diese Kriterien. Er fordert und gibt. Dabei ist es weitgehend gleichgültig, welche Sportart sich der einzelne aussucht. Hierzulande erfreut sich Fußball der größten Beliebtheit, in den Staaten ist es Rugby, in Asien Selbstverteidigung. Eines verbindet aber alle Kontinente und Sportler: der Wille, Leistung zu zeigen, sich selbst zu besiegen.
Die Basis für den Breitensport bei uns sind die zahlreichen Vereine. Ihre Arbeit bietet Abertausenden die Möglichkeit, sich körperlich zu betätigen, in friedlichen Wettstreit miteinander zu treten.
Im TV … ist dies nicht anders als in irgendeinem der vielen hundert Vereine im Landkreis …. Die Bürger nutzen dieses Angebot, und dort, wo es nicht ausreicht, wird es von den Mitgliedern ausgeweitet. So entstand vor zehn Jahren die Tischtennisabteilung im TV …. Sie wurde zu einer Zeit gegründet, in der das Spiel mit dem schnellen Ball an der Platte sich rasch wachsender Beliebtheit erfreute. Heute sind die Mannschaften nicht mehr wegzudenken aus der Palette des sportlichen Angebotes.

Vornehmlich Jüngeren wird somit die Möglichkeit gegeben, sich spielerisch-sportlich, vor allem aber sinnvoll in ihrer Freizeit zu betätigen. Dieses Engagement verdient, besonders gewürdigt zu werden.
Für die Jubiläumsfeier wünsche ich daher einen erfolgreichen Verlauf, auch in dem Wissen, daß Sport und Geselligkeit zueinander gehören.

70. Jubiläum einer Kreis-Schiedsrichter-vereinigung

Daß Schiedsrichter, gleich welcher Aufgabenstellung, besonders geliebt werden, kann keiner behaupten. Ernsthaft aber wird niemand die Notwendigkeit ihrer Anwesenheit in Frage stellen. Unbestreitbar sind auch ihre wichtigen Katalysatorfunktionen. Doch eines wird dem Schiedsrichter immer anhaften, das in seiner Aufgabenstellung begründet liegt: Jede Seite – und schließlich soll er im Falle von Regelwidrigkeiten und Streitfällen entscheiden – unterstellt dem Schiedsrichter, weniger Sympathien für die eigene Meinung und mehr für die der Gegenpartei zu haben. Menschen sind nun einmal so – und ich bin sicher, daß diejenigen, die das Amt des Schiedsrichters übernehmen, mit dieser latent vorhandenen Unterstellung leben müssen.
Bleiben wir einmal beim Sport. Ich stelle mir das Chaos vor, das beispielsweise bei einem Meisterschaftsspiel im Fußball ohne Schiedsrichter entstehen könnte. In der Hitze des Gefechts würden mehr als nur böse Worte fallen. Hier kann der Schiedsrichter seine Daseinsberechtigung am nachhaltigsten unter Beweis stellen: wenn er für eine Abkühlung erhitzter

Gemüter sorgt. Bei den Spielern wohlbemerkt, nicht beim Zuschauer. Für den Fanatiker einer Mannschaft ist jeder Pfiff zugunsten der gegnerischen Elf ohnehin eine Fehlentscheidung.
Für mich läßt sich das, was der Schiedsrichter leistet, besser und trefflicher mit dem Begriff Unparteiischer beschreiben. Kein Match-Gott in Schwarz, vielmehr Richter und Schlichter. Zum Wohl der Sache, also des Sports.
Insofern kann die Kreis-Schiedsrichtervereinigung ... im 70. Jahr ihres Bestehens mit Stolz auf Geleistetes zurückblicken. Sie hat zum Besten gehandelt, hat Sport mit ermöglicht, hat dem Fairplay eine Bresche geschlagen und dazu beigetragen, daß aus sportlicher Gegnerschaft niemals tätliche Feindschaft reifen konnte. Dafür verdienen die Schiedsrichter die Hochachtung der Aktiven und der Zuschauer, die gelegentlich etwas fairer urteilen dürften. Mag sein, beim nächsten Jubiläum schon hat es sich gebessert.

Grußwort zur Einweihung eines Sportplatzes

Es kriselt im europäischen Fußball. Den großen Vereinen laufen die Zuschauer davon. Enttäuscht kehren sie den »Stars« mit ihren Allüren den Rücken. Diese Entwicklung kommt nicht von ungefähr. Der Bürger, der die hohen Eintrittspreise zahlen soll, schüttelt den Kopf, weil er weiß, welche Unsummen die Spieler kassieren, und zugleich mit ansehen muß, wie auf dem Rasen gestümpert wird.
Anders dagegen die Situation vor Ort, bei den kleineren Vereinen. Sie verzeichnen steigende Zuschau-

erzahlen. Die Fans haben begriffen, daß fernab der großen Stadien guter Fußball geboten wird, daß Einsatz und Kampf dominieren und Leistung zählt. Ohne Millionen-Transfers.

Die Amateursportler in unseren Vereinen sind echte Idealisten. Training nach Feierabend, Spiele an den Wochenenden, und wenn es sein muß, wird auch noch Hand angelegt am Vereinsheim oder am Rasen.

Gemeinsam haben der Fußballsportverein ... und die Gemeinde ... einen neuen Sportplatz gebaut. Es ist eine Sportstätte entstanden, die jung und alt die Möglichkeit gibt, ihre Freizeit sinnvoll zu gestalten, etwas für ihre Gesundheit zu tun oder im fairen Wettstreit miteinander um Sekunden, Zentimeter oder Tore zu eifern. Es ist eine Sportstätte, die zwar von der Gemeinde getragen wird, gleichwohl aber von Bürgerhand mit errichtet worden ist. Die Beziehung des einzelnen zum Sportplatz, die sich in Pflege und Sauberhaltung der Anlage äußert, ist vor Ort anders geartet als in den Großstädten mit ihren Stadien. Gleiches gilt für die verschiedenen sportlichen Darbietungen.

Ich wünsche den Sportlern in ..., daß ihnen die neue Anlage Verpflichtung sein möge, Kampfgeist und Leistungswillen, aber auch Fairneß und Miteinander jederzeit zu beweisen. Dann bleiben die Zuschauer »ihren Jungs« treu. Das ist der beste Beweis für die Notwendigkeit eines neuen Sportplatzes, und es ist das schönste Kompliment an den Verein.

Zitate rund um den Sport und das Turnen

»Eines der Probleme beim Fußball ist, daß die einzigen Leute, die wissen, wie man spielen müßte, auf der Pressetribüne sitzen.«

Robert Lembke, dt. Journalist und Quizmaster

»Die Erfahrung ist zweifellos die beste Lehrmeisterin, aber das Lehrgeld ist sehr hoch.«

Françoise Sagan, franz. Schriftstellerin

»Der Ball ist rund, ein Spiel dauert 90 Minuten, und das nächste Spiel ist das schwerste.«

Sepp Herberger, dt. Fußball-Nationaltrainer

»Alt-sein ist eine ebenso schöne Aufgabe wie Jungsein.«

Hermann Hesse, dt. Schriftsteller

»Grazie ist der äußere Ausdruck einer inneren Harmonie der Seele.«

William Hazlitt, engl. Essayist

»Vor allem wegen der Seele ist es nötig, den Körper zu üben, und gerade das ist es, was unsere Klugschwätzer nicht einsehen wollen.«

Jean-Jacques Rousseau, franz.-schweiz. Philosoph

»Es ist unverständlich, weshalb man die Veranstaltungen, bei denen Zehntausende müßig, wenn auch nicht still zusehen, wie zweiundzwanzig Mann um einen Lederball kämpfen, einen Volkssport statt eine Volksbelustigung nennt.«

Siegmund Graff, dt. Dramatiker

»Unter den Muskelpartien, deren Leistung der Sport bis an die Grenzen des Menschlichen hinausgeschoben hat, darf die Zunge der Rundfunkreporter nicht vergessen werden.«

Siegmund Graff, dt. Dramatiker

»Ein Teil jedes Talents besteht in der Courage.«

Bertolt Brecht, dt. Schriftsteller

»Man trägt ein göttliches Gefühl in seiner Brust, wenn man erst weiß, daß man etwas kann, wenn man nur will.«

Friedrich Ludwig (Turnvater) Jahn

»Der Wille öffnet die Türen zum Erfolg.«

Louis Pasteur, franz. Chemiker

»Lang ist der Weg durch Lehren, kurz und wirksam durch Beispiele.«

Seneca, röm. Philosoph

»Disziplin ist der wichtigste Teil des Erfolgs.«

Truman Capote, amerik. Schriftsteller

»Der Mann, der zu beschäftigt ist, sich um seine Gesundheit zu kümmern, ist wie ein Handwerker, der keine Zeit hat, seine Werkzeuge zu pflegen.«

Spanisches Sprichwort

»Wer sich auf seinen Lorbeeren ausruht, trägt sie an der falschen Körperstelle.«

Heiner Geißler, dt. Politiker

»Wir könnten viel, wenn wir zusammenstünden.«

Friedrich Schiller, »Wilhelm Tell«

»Je größer die Schwierigkeit, die man überwand, desto größer der Sieg.«

Cicero, röm. Staatsmann

»Wer sich selbst besiegt, ist stark.«

Laotse, chin. Weiser

»Damit das Mögliche entsteht, muß immer wieder das Unmögliche versucht werden.«

Hermann Hesse, dt. Schriftsteller

»Ein Mensch, der sich ernsthaft ein Ziel gesetzt hat, wird es auch erreichen.«

Benjamin Disraeli, brit. Staatsmann

»Im Durchschnitt ist man kummervoll/Und weiß nicht, was man machen soll.«

Wilhelm Busch, »Balduin Bählamm«

»Nur wo Körper- und Geistestätigkeit in geordneter lebendiger Wechselwirkung stehen, ist wahres Leben.«

Friedrich Fröbel, dt. Pädagoge

»Die Masse hungert nach Aktivität. Man beruhigt sie, indem man sie in Bewegung setzt.«

Siegmund Graff, dt. Dramatiker

Pferdesport

Es ist nicht gut,
die Pferde zu wechseln,
während man
den Fluß überquert.

Abraham Lincoln

Reiten ist heutzutage wieder Volkssport. Die totale Verdrängung des Pferdes durch Automobil und Eisenbahn ist gestoppt. Jahrelang sah es danach aus, als ob das Pferd gänzlich verschwinden sollte.
Diese Entwicklung ist gottlob nicht eingetreten. Es gibt wieder eine stattliche Anzahl hervorragender Pferde, besonders in unserer ... Heimat. Daß dem so ist, verdanken wir zweifellos auch der hervorragenden Arbeit unserer Reit- und Fahrvereine. Immer mehr Bürger suchen den Weg zur Natur und damit den Weg zum Tier. Das Pferd erfreut sich als einer der besten Partner des Menschen besonderer Beliebtheit, und Reiten erlebt vor allem bei der jungen Generation eine Renaissance.
So ist es kaum verwunderlich, daß unsere Pferde und Reiter im internationalen Vergleich immer wieder vorn zu finden sind und nicht selten die Spitze selbst bilden. Große Namen stehen auch auf dem Programm zur Feier des 25. Jubiläums des Reitclubs .... Ich bin sicher, daß dieses Turnier viele Bürger nicht nur anlocken, sondern auch für den Pferdesport begeistern wird.

Grusswort für das Reitturnier eines Reitclubs

Im Jahre des Herrn 1593 war es, als William Shakespeare dem englischen Regenten Richard III. zuschrieb, er wolle »ein Königreich für ein Pferd« geben. Wahrlich eine fürstliche Entlohnung für ein Reittier, vorausgesetzt, sie hätte stattgefunden.

Königreiche sind heutzutage nicht mehr zu verschenken, und schon gar nicht für ein einziges Reitpferd. Aber dennoch, auch und gerade heute liegen Pferde in Wert und Kurs wieder sehr hoch. Beachtlich viele Bürger suchen den Weg zurück zur Natur auf dem Rücken dieser schnellen und eleganten Tiere. Viele Mitmenschen entdecken, was früheren Generationen selbstverständlich schien. Das Pferd ist nicht nur als Arbeitshilfe und Werkzeug, sondern vor allem als Freund des Menschen zu sehen.

Jahrzehntelang hat das Pferd seinen Namen einzig dafür hergeben müssen, um die Krafteinheit eines Automotors zu bestimmen. Nun erlebt es eine Renaissance als Tier an sich.

Diese positive Entwicklung ist mit Sicherheit auch Verdienst der zahlreichen Vereine, die sich in den für die edlen Renner und Springer schlechteren Zeiten nicht von ihrer Freundschaft zum Pferd abbringen ließen. Hinzu kamen die hervorragenden Erfolge, die von unseren Reitern und Pferden errungen wurden. Der Reitclub ... gehört in die Reihe derjenigen Vereine, die sowohl die Liebe zu den Pferden pflegen als auch gute Erfolge zu verzeichnen haben. Den Mitgliedern des Vereins gebührt daher Dank und Anerkennung. Beides spreche ich Ihnen aus. Ich verbinde dies mit dem Wunsch, daß auch das nun beginnende Turnier mit seiner Starbesetzung eine Werbung für Pferd und Reitsport sein möge.

Reiten ist heutzutage ein Breitensport. Selbst wenn sich diese Erkenntnis noch nicht in allen Teilen der Bürgerschaft durchgesetzt haben sollte – an der Tatsache ändert dies nichts. Allerdings leidet der Reitsport ein wenig unter seiner Vergangenheit: bis zum Beginn unserer Wohlstandsgesellschaft war es vielen Schichten des Volkes nicht möglich, sich ein Pferd zuzulegen, es zu halten und für den Reitsport zu nutzen.

Unsere Zeit, unser Wohlstand garantiert dies für viele. Soziale Schranken wurden auch beim Reitsport abgebaut. Heute ist Reiten eine Sportart wie viele andere auch. Und vor allem findet der Reitsport immer mehr Zulauf, auch und gerade von jüngeren Mitmenschen.

Die ... Meisterschaften im Vierkampf, ausgetragen vom Kreis-Reiterbund ... als Titelverteidiger, werden es einmal mehr belegen: die Liebe zum Tier, insbesondere zum Pferd, und der Wille, Sport zu betreiben, sind in der Jugend verankert. Der Vierkampf aus Schwimmen, Laufen, Dressur- und Springreiten stellt dabei besondere Herausforderungen an die jungen Reiterinnen und Reiter. Und wenn Ehrgeiz und Freude in ausreichendem Maße vorhanden sind, dann stellen sich auch Erfolge ein, wie der Titelgewinn durch den Kreis-Reiterbund beweist.

Ich wünsche allen Freunden des Reitsports bei den ... Meisterschaften viel Vergnügen. Vor allem aber drücke ich Ihnen die Daumen für eine erfolgreiche Titelverteidigung.

Grusswort für einen Reit- und Fahrverein

Ob sie von den »Blauen Bergen« kamen, ob sie im »Wilden Westen« unterwegs waren, ob sie »alles Glück der Erde fanden« – immer waren sie auf dem Rücken von Pferden unterwegs. Sie, das sind die vielbesungenen Helden vergangener Zeiten. Was wir von den Glücksrittern früherer Jahrhunderte wissen, ist meist untrennbar verbunden mit ihren vierbeinigen Begleitern.

Pferde haben auch Schicksal gespielt in der Geschichte der Menschheit. Man erinnere sich an die Erzählungen Homers über die Erstürmung Trojas mittels des zur Berühmtheit gelangten trojanischen Pferdes. Und König Richard III. von England wollte, wie es Shakespeare überlieferte, sogar sein Königreich gegen ein Pferd tauschen. Berühmtheit hat das Pferd des spanischen Windmühlenkämpfers Don Quichotte mit dem prosaischen Namen »Rosinante« erlangt.

Doch Klepper wie Mustangs sind sicherlich nicht die Gattungen Pferd, die der Reit- und Fahrverein ... auf seinem Fahrturnier präsentieren wird. Ganz im Gegenteil: Edles Blut fließt in den Adern derjenigen Pferde, die einer hoffentlich großen Zahl begeisterter Zuschauer am ... in ... vorgestellt werden. Züchtern, Reitern, Fahrern und Zuschauern wünsche ich, daß sie sich an den feurigen und edlen Tieren erfreuen mögen.

Grusswort zum Reitturnier eines Reit- und Fahrvereins

Die Sprache bringt es an den Tag: Der Mensch hat eine innigere Beziehung zum Pferd als zu manchem anderen Tier. Jahrhundertelang war er auf dieses Haustier in mannigfacher Weise angewiesen. Es war Streitroß, Ackergaul, Zug- oder Schlachttier. Die Technik hat das Pferd stark verdrängt. Geblieben sind die Begriffe, die jahrhundertelang täglich ihren Beweis der Richtigkeit auf Jahrmärkten, Handelsstationen oder Bauernhöfen erfuhren. Einem geschenkten Gaul schaut man auch heute noch nicht ins Maul. Noch immer wird einigen Zeitgenossen geraten, »das Denken lieber den Pferden zu überlassen«. Solche Bürger möchte man dann gerne »an die Kandare legen« oder »aus dem Sattel heben«.

Diese kleine Auswahl beweist die gewachsene Verbindung vom Menschen zum Pferd. Seit einigen Jahren erfreuen sich diese edlen Tiere wieder zunehmender Beliebtheit. Die ihnen vorausgesagte gänzliche Verdrängung durch unsere moderne Technik hat nicht stattgefunden. Dies ist zweifellos ein Verdienst der Reitervereinigungen. Seit einem Jahrzehnt wirbt Ihr Reit- und Fahrverein … für das Pferd als Partner sinnvoller Freizeitgestaltung oder sportlicher Betätigung. Ich bin fest davon überzeugt, daß die … Freunde des Pferdesports mit ihrem Reitturnier neue Anhänger für die edlen Vierbeiner gewinnen werden. Dazu wünsche ich Ihnen viel Erfolg.

Grußwort für Kreismeisterschaften im Reiten und Fahren

Es war bereits totgesagt: das Pferd. Im Zuge stetiger Industrialisierung und fortschreitender Technisierung unseres Alltags paßte der jahrhundertealte »Freund des Menschen« nicht länger in die Landschaft. Das Pferd wurde als Relikt einer Gesellschaft angesehen, in der Hand- und Spanndienste zum täglichen Leben gehörten. Allenfalls das Kürzel »PS« sollte überleben und an die edlen Tiere erinnern.

Dieser pferdelose Zustand ist gottlob nicht eingetreten. Der Mensch hat sich besonnen. Auch wenn Pferde heute nicht mehr die ihnen ursprünglich zugedachten Aufgaben wahrnehmen, hat ihre Anzahl doch wieder deutlich zugenommen. Das Pferd ist als ideales Freizeittier entdeckt worden.

Dies ist mit Sicherheit ein Verdienst all derjenigen Vereine und Verbände, die ihre Liebe für die großen, edlen Vierbeiner bewahrt und an jüngere Generationen weitergegeben haben. Der Kreis-Reiterbund ... zählt zu den Organisationen, die Tierliebe praktizieren. Die große Zahl seiner Mitglieder hat es sich zur Aufgabe gemacht, die gewachsene enge Beziehung zwischen Mensch und Pferd weiterzuentwickeln und zu pflegen. Für diese aufopferungsvolle Arbeit sage ich allen Reiterinnen und Reitern, aber auch den Verantwortlichen des Verbandes herzlichen Dank.

Unsere naturnahe Kulturlandschaft in ... wäre um vieles ärmer, wäre das Pferd gänzlich aus ihr verschwunden. Ich hoffe, daß es gelingen wird, dieser Verarmung dauerhaft zu begegnen. Ich baue dabei auf die Hilfe aller Reiter.

Ich bin sicher, daß auch die Kreismeisterschaften wieder beweisen werden, welch wertvoller Freund das Pferd ist. Ich wünsche allen Teilnehmern gute Ergebnisse und allen Besuchern frohe Stunden.

Zitate zu Pferd und Reiter

»Die Pferde sind gesattelt.« (Gleich geht es los.)

Karl Theodor Körner, dt. Schriftsteller

»Ein Pferd! ein Pferd! ein Königreich für ein Pferd!«

William Shakespeare, »Richard III.«

»Ein braves Pferd stirbt in den Sielen.«

Bismarck, dt. Reichskanzler

»Und Roß und Reiter sah ich niemals wieder.«

Friedrich Schiller, »Wallensteins Tod«

»Es ist nicht gut, die Pferde zu wechseln, während man den Fluß überquert.«

Abraham Lincoln, amerik. Präsident

»Einem geschenkten Gaul sieht man nicht ins Maul.«

Hieronymus, »Kommentar zum Epheserbrief«

»Wer will vil Pferde reiten,/der muß vil Habern haben.«

Mittelhochdt. Volksweisheit

»Wer andere in den Sattel hebt, muß sich nicht wundern, wenn sie anschließend auf dem hohen Roß sitzen.«

Gerhard Uhlenbruck

»Das Steckenpferd ist das einzige Pferd, das über jeden Abgrund trägt.«

Friedrich Hebbel, dt. Dichter

»Wer plagt sein Pferd und Rind, hält's schlecht mit Weib und Kind.«

Bauernregel

»Die schönste Eroberung, die der Mensch jemals gemacht hat, ist die Zähmung dieses stolzen und feurigen Tieres, des Pferdes.«

Georges Buffon, franz. Naturforscher

»Bergab leite mich, bergauf schone mich, in der Ebene brauche mich, sagt das Pferd.«

Sprichwort

»eine Roßkur machen« – anstrengende medizinische Kur

»das beste Pferd im Stall« – der/die beste Mitarbeiter/in

»Das hält doch kein Pferd aus.« – das ist zuviel

»Das Pferd beim Schwanze aufzäumen.« – von hinten (falsch) anfangen

»Die teuersten Pferde sind in der Regel die Steckenpferde.«

»Die wildesten Fohlen werden die besten Pferde.«

»Ein dummes Pferd, das an der Krippe steht und nicht frißt.«

»Ein geborgtes Pferd ist ein faules Zugtier.«

»Goldener Zaum macht's Pferd nicht besser.« – Reichtum ersetzt keine Qualität

»jemandem zureden wie einem kranken Gaul«

»Keine zehn Pferde …« – keine Macht der Welt

»Mach doch nicht die Pferde scheu!« – ängstige niemanden

»Mit dem kann man Pferde stehlen (gehen).« – jemand ist verläßlich (schon im 18. Jahrhundert)

»Mit ungleichen Pferden ist übel ackern.«

»Oktober macht die Pferde mager.«

»sich aufs hohe Roß setzen« – prahlen

»vom hohen Roß herunterkommen« – seine Prahlerei aufgeben (müssen)

»Wenn der Reiter nichts taugt, hat das Pferd schuld.«

»Wenn man die Sau sattelt, wird deshalb kein Reitpferd daraus.«

»wie ein Pferd arbeiten« – bis an die Leistungsgrenze gehen

VOLKSWEISHEITEN

Auf kleinen Pferden kann man auch reiten.
Das Pferd ist oft gescheiter als sein Reiter.
Pferde ziehen Weise und Narren.
Es kommt niemand gern vom Pferd auf den Esel.
Gleiche Pferde ziehen am besten.
Wer das Pferd kauft, der kauft auch den Schwanz.
Rasche Pferde passen nicht für einen alten Wagen.
Wer ein blindes Pferd verkaufen will, lobt die Füße.

SPRACHKOMBINATIONEN

Pferdeapfel
Pferdedieb
Pferdedroschke
Pferdefuß
Pferdehändler
Pferdehuf
Pferdekoppel
Pferdelänge
Pferdemarkt
Pferderennen
Pferdeschwanz
Pferdesport
Pferdestall
Pferdestärke
Pferdezucht
Herrenreiter
Schimmelreiter
Reiterregiment
Reitersmann
Reitlehrer
Reitpeitsche
Reitschule
Reitstiefel
Reitturnier
Reitunterricht
Reitweg

Schützen

Hier gilt es, Schütze,
deine Kunst zu zeigen:
Das Ziel ist würdig,
und der Preis ist groß.

Friedrich Schiller

Grusswort zum 25jährigen Bestehen eines Schützenvereins

Unter den Schweizern ist seit geraumer Zeit ein trefflicher Streit ausgebrochen: Gab es sie – oder gab es sie nicht? Gemeint ist die Armbrust, jenes Bolzen verschießende Katapult, von dem Forscher behaupten, es sei erst lange Jahre nach dem Tode Wilhelm Tells erfunden worden.
Diesen Streit müssen die Eidgenossen unter sich ausmachen. Und wie auch immer das Ergebnis aussehen mag, für uns ist dabei etwas anderes von Interesse: Der Apfelschuß Wilhelm Tells war friedlicher Natur. Die Waffe wurde zu einem – sicherlich gefährlichen – Wettstreit eingesetzt. Dabei kann ein Bild kaum treffender sein als das genannte: die Verlagerung des Zieles vom Menschen weg zur Sache. Die grundsätzliche Änderung der Einstellung: Statt einander zu bedrohen, gilt es, im fairen Wettstreit denjenigen zu ermitteln, der ein Ziel am besten anzuvisieren und zu treffen weiß.
Bis heute hat sich an dieser Grundeinstellung nichts geändert. Schützen sind friedliebende Sportler. Ihnen geht es um die ruhige Hand, um das sichere Auge, um die Präzision und die Konzentrationsfähigkeit.
Seit 25 Jahren haben Frauen und Männer im Schützenverein … eine sportliche Heimat gefunden. Sie haben sich getroffen, um gemeinsam ihrer Passion zu frönen, um Gemeinschaft Gleichgesinnter zu erleben, um miteinander zu sein. Ich hoffe und wünsche, daß Ihnen dieses Erlebnis der Gemeinschaft am 25. Geburtstag Ihres Vereins besonders intensiv vermittelt wird.

Grusswort zum 25. Jubiläum eines Schützenvereins sowie zum Kreis-Schützenfest

Vier kleine Zentimeter sind es, die zwischen »Fahrkarte« und »Volltreffer« liegen. Nur 40 Millimeter, die über »König« oder »Knappe« entscheiden. So klein kann die Welt werden, wenn sie aus den zehn Ringen der Luftgewehrscheibe besteht.

Für Schützenschwestern und Schützenbrüder stellen diese Ringe immer wieder Herausforderungen dar. Ist die Hand heute ruhig genug, ist der Stand sicher, trügt das Adlerauge, oder sitzt das Korn in der Kimme? Die Antworten müssen vor jedem Schuß aufs neue gegeben werden.

»Alte Hasen« haben dabei sicherlich ihre Vorteile gegenüber »jungen Füchsen«. Denn nicht immer verhilft jugendlicher Schwung zum Sieg. Oft genug ist gestandene Erfahrung gefragt.

Beides besitzt der Schützenverein .... Gewachsen in 25 Jahren Vereinsleben, hat beides hohen Stellenwert in den Reihen der Schießsportler: Schwung und Erfahrung. Mit diesen Tugenden ist es möglich, Siege zu erringen.

Schützensport ist aber zugleich mehr als zähes Ringen um Ringe. Geselligkeit und Kameradschaft haben im Verein ebenso ihren Platz wie Sportlichkeit und Fairneß.

Alle vier Eigenschaften werden den Mitgliedern des Schützenvereins dienlich sein, wenn es gilt, 25. Jubiläum und Kreis-Schützenfest zu begehen. Ich bin sicher, daß es – getragen vom Geiste des Miteinanders – ein herausragendes Fest wird. Dazu wünsche ich Ihnen allen guten Erfolg.

Grußwort zum 30. Jubiläum eines Schützenvereins

Als der Schützenverein ... vor 30 Jahren gegründet wurde, war das alliierte Verbot der Gründung oder Wiederbelebung von Schützenvereinigungen bereits wieder aufgehoben. Die Sportler konnten sich, im Gegensatz zu vielen Kameraden in anderen Vereinen, frei versammeln und einen eigenen Verein aus der Taufe heben. Denn mit dem Ende des Zweiten Weltkrieges hatten es die Siegermächte untersagt, Waffen zu gebrauchen. Selbst die friedliche Ausübung des Schießsports wurde als gefährlich eingestuft.

Davon ist heute nichts mehr geblieben. Die Schützenvereine sind nicht der Ort, wo paramilitärische Präzisionsausbildung erfolgt. Die Schützen treffen sich vielmehr zum friedlichen Wettstreit der ruhigen Hand, der sicheren Handhabung der Waffe. Es wird auf Scheiben geschossen, allenfalls noch auf Tierattrappen. Dies ist erforderlich, da häufig Jäger und Förster Mitglied in den Schützenvereinen sind, die eine bestens geschulte Hand für die Jagd benötigen. Im Verein werden junge Menschen immer wieder darauf hingewiesen, daß auf Menschen nicht geschossen werden darf. Für diese Arbeit danke ich den Mitgliedern des Schützenvereins ... und wünsche ihnen für die Feiern des 30. Jubiläums fröhliche, erfolgreiche Tage, jedem Schützen eine ruhige Hand und »gut Schuß«.

Grusswort zum 50. Jubiläum eines Schützenvereins

Es gibt in unserem Lande eine Vielzahl von Bürgern, die nur eine einzige Scheibenart kennen: die Mattscheibe. Allabendlich wird ihr gehuldigt, vielfach kritik- und wahllos. Passivität ist Trumpf. Es ist so herrlich bequem, im Sessel sitzend den Aktivitäten anderer zuzuschauen.

Schützenbrüder und Schützenschwestern sind da anders. Sie kennen eine viel kleinere Scheibe, die sie als Zielobjekt für ihre Sehschärfe anvisieren. Und vor allem: sie sind aktiv. Sie tun etwas, was Kopf und Hand benötigt. Eine besonders ruhige Hand noch dazu. Sie trainieren sich in sicherem Stand und ruhigem Anschlag.

Die Mitglieder des Schützenvereins … zählen zu den trainingseifrigen. Die zahllosen Erfolge während der 50 Jahre, die Ihr Verein besteht, belegen dies auf das eindrucksvollste. Dazu gratuliere ich den Schützenschwestern und -brüdern ganz herzlich. Ich verbinde diese Gratulation mit dem Wunsch, daß Ihnen der sportliche Erfolg auch in den kommenden Jahren beschieden sein möge.

Grusswort zum 75. Jubiläum eines Schützenvereins

»Adlerauge, sei wachsam!«, sagt der Volksmund, wenn es darum geht, etwas mit besonders kritischem Blick unter die Lupe zu nehmen. Beides ist Schützen bestens geläufig: zum einen das kritische Bemessen von Problemen, die sich auf Distanz stellen, zum

anderen das Einjustieren des Zielpunktes durch das Adlerauge. Sind beide Vorgänge dadurch optimiert, daß eine ruhige Hand die Waffe leicht, doch kraftvoll hält, dann wird das Ergebnis das sein, was der Schütze »Gut Schuß« nennt.
Daß all diese Anforderungen erfüllt werden, wünsche ich den Mitgliedern des Schützenvereins ... für die Zukunft. Sie haben in der Vergangenheit bewiesen, daß Sie sportliche Höchstleistungen erbringen können. Sie haben Treffsicherheit und Reaktionsvermögen unter Beweis gestellt. Vor allem aber haben Sie die Kameradschaft nie zu kurz kommen lassen.
Möge den Mitgliedern des Schützenvereins ... für die Zukunft der sportliche Erfolg ebenso beschieden sein wie der faire und freundschaftliche Geist, der unter Sportlern herrscht.
Ich beglückwünsche Sie zu Ihrem 75jährigen Bestehen. Ich verbinde diesen Wunsch mit der Hoffnung auf ein langes, glückliches Fortbestehen Ihres Vereins.

Grusswort für das Gründungsfest eines Schützenvereins

Die Geschichte hat es vielfach bewiesen: Es bedarf einer Idee und entschlossener Männer und Frauen, bis ein Verein entsteht. In diesem Fall der Schützenverein .... Dazu möchte ich Sie, die Gründungsmitglieder des wohl jüngsten Vereins im Landkreis ..., beglückwünschen.
Schützengilden, Schützenvereine und Freunde des Schießsports stehen in einer lange gewachsenen Tradition. Nicht erst mit dem Aufkommen von Pulver

und Blei haben sich Schützen zusammengefunden, um im fairen Wettstreit den Besten zu küren. Aus den Überlieferungen, sei es aus griechischer, römischer oder germanischer Zeit, sind uns Berichte bekannt, wonach schon zu historischen Zeiten Bewaffnete friedlich ihre Kräfte maßen.
Damals diente das Anvisieren des Zieles dem militärischen Training. Heute gestalten die Freunde von Kimme und Korn mit dem Schießsport ihre Freizeit. Diese Wandlung ist erfreulich.
Ich möchte die Mitglieder des jungen ... Vereins auffordern, ihren Schwung und Elan, der zur Gründung des Vereins geführt hat, in die Zukunft zu übertragen. Mit ihrem Hobby des Schießsports leben sie jüngeren Menschen vor, daß es auch andere Maßstäbe gibt als Video und Disco. Sie geben Beispiel für eine positive Lebenseinstellung.

Zitate rund um Kimme und Korn

»Hier gilt es, Schütze, deine Kunst zu zeigen: Das Ziel ist würdig, und der Preis ist groß.«

Friedrich Schiller, »Wilhelm Tell«

»Das war ein Schuß! Davon wird man noch reden in den spätesten Zeiten.«

Friedrich Schiller, »Wilhelm Tell«

»Wenn die Schützen sich streiten, ist der Bär geborgen.«

Norwegisches Sprichwort

»Ein rechter Schütze hilft sich selbst.« (Selbst ist der Mann.)

Friedrich Schiller, »Wilhelm Tell«

»Ich schieß' den Hirsch im wilden Forst, im tiefen Wald das Reh.«

Franz von Schober, »Jägers Liebeslied«, vertont von Franz Schubert

»Gebt Feuer! Ach – wie schießt ihr schlecht!«

Julius Mosen, Gedicht auf Andreas Hofer

»Das geht aus wie das Hornberger Schießen.«

Redensart

REDENSARTEN

»einen Bock schießen« – einen Fehler machen
»Es ist zum Schießen.« – etwas ist sehr komisch
»scharf schießen« – hart, rücksichtslos sein
»So schnell schießen die Preußen nicht.« – so rasch geht's nicht
»über das Ziel hinausschießen« – mehr tun, als gewünscht, gewollt
»Schieß mal los!« – leg mal los (kommt vom Wettschießen)
»aufpassen wie ein Schießhund« – besonders aufpassen (stammt vom Jagdhund)
»einen Schuß vor den Bug geben« – warnen (aus dem Seekriegswesen)
»eine Sache in Schuß halten (bringen)« – im Griff haben
»weit (fern) ab vom Schuß sein« – nicht dabei sein
»jemandem vor die Flinte kommen« – unausweichliche Begegnung
»gut in Schuß sein« – in Ordnung, gesund
»keinen Schuß Pulver wert sein« – nichts wert
»Weit vom Ziel ist gut für 'n Schuß.« – weit weg wird alles klarer
»Wer einmal trifft, ist noch kein Schütze.«
»in die Schußlinie geraten« – plötzlich angegriffen werden
»jemanden aus der Schußlinie ziehen« – ihn schützen

Nahe schießen hilft nicht, es gilt treffen.
Wer wider eyn stahlern mauern schießt, dem sprinken die pfeyl wieder zu.
Hastu nicht pfeil im köcher/so misch dich nicht under die Schützen/wie der roßdreck under die Oepffel.
Mancher schießt ins Blaue hinein und trifft das Schwarze.

SPRACHKOMBINATIONEN

ABC-Schütze
Scharfschütze
Schützenbruder
Schützenfest
Schützengilde
Schützenhaus
Schützenhilfe
Schützenkönig
Schießausbildung
Schießbude
Schießeisen
Schießgewehr
Schießhund
Schießlehre
Schießplatz
Schießprügel
Schießpulver
Schießscharte
Schießscheibe
Schießsport
Schießstand
Schießübung
Schußfeld
Schußlinie
Schußwaffe
Schußweite

Wandern

Die Welt ist so schön
und wert,
daß man um sie kämpft.

Ernest Hemingway

Grußwort für einen Verkehrsverein zum 10. Volkswandertag

»Das Wandern ist des Müllers Lust.« Doch erfaßt das Lied bei weitem nicht alle, die »auf Schusters Rappen« unterwegs sind. Auch die Meiers, Schmidts, Schulzes, und wie sie alle heißen, haben zwischenzeitlich den Weg zurück zur Natur entdeckt.

In den vergangenen Jahren hat in uns – gottlob – ein Umdenkungsprozeß eingesetzt: Natur und Landschaft sind schützenswerte Güter, die weder gedankenlos noch bewußt verschmutzt, versalzen, zubetoniert oder in Teer gegossen werden dürfen. Wir im Landkreis … verfügen dank umsichtiger Politik auch heute noch über eine naturnahe Kulturlandschaft, die wir als wichtiges Erbe für unsere Kinder und Enkel bewahren müssen.

Großen Anteil an dieser Renaissance des Naturgedankens haben diejenigen Vereine und Verbände, die sich die Bewahrung der Lebensräume zum Ziel gesetzt haben. Ich meine die Naturschutzverbände im allgemeinen und die Wandervereine im besonderen. Zu letzteren zählt der äußerst aktive und rührige Verkehrsverein …, der nunmehr bereits zum 10. Male eine österliche Volkswanderung anbietet. Die Erfahrungen der vergangenen Jahre haben gezeigt, daß dieses Angebot von den Bürgerinnen und Bürgern begeistert aufgegriffen und genutzt wird.

Ich hoffe und wünsche, daß sich diese Erfolge in der Zukunft fortsetzen werden. Der bewußtere Umgang mit dem unersetzbaren Gut »Natur« ist erlernbar. Lehrmeister sind unsere Natur- und Wandervereine, eben auch der Verkehrsverein …, dem ich für den 10. Volkswandertag sonnige und erlebnisreiche Stunden wünsche.

Grusswort zur IVV-Wanderung eines Verkehrsvereins

Wir werben mit …, als »Land der offenen Weiten«, als Stätte der Ruhe und Besinnlichkeit, als Landschaft der Abwechslung von Bergwald und Talaue.
Es ist richtig: Wir im Landkreis … haben eine in unserer Heimat einmalige Landschaft zu bieten. Dabei wird nicht verschwiegen, daß wir Probleme wie Waldsterben, Bodenversiegelung oder Wasserbelastung auch kennen. Und trotzdem können wir noch immer mit Fug und Recht sagen, daß …, daß der Landkreis … ökologisch weitgehend intakt ist.
Dies ist das Verdienst vieler: Vereine, Verbände, Natur- und Umweltschutzorganisationen kümmern sich um … als Heimat für Mensch und Natur. In die Riege derer, die sich dieses Gedankens angenommen haben, gehört der Verkehrsverein. Mit seinen jährlichen Wanderveranstaltungen – mittlerweile läuft der 12. IVV-Wandertag – führt der außerordentlich rührige Verein eine Vielzahl von Menschen in die Natur der …. Dort kann den Menschen am deutlichsten und nachhaltigsten klargemacht werden, daß jeder einzelne aufgerufen ist, seinen Beitrag zum Erhalt von Natur und Umwelt leisten zu müssen.
Ich sage den Mitgliedern des Verkehrsvereins für ihr Engagement herzlichen Dank. Und ich bitte Sie alle, Ihre Arbeit mit dem gleichen Schwung und der gleichen Freude fortzusetzen. Unsere Natur braucht viele gute Anwälte, damit sie leben und überleben kann.
Für die 12. IVV-Wanderung wünsche ich allen Teilnehmerinnen und Teilnehmern viel Freude.

Wandern verbindet. Es eint Frauen und Männer, es führt jung und alt zusammen, es trägt zur besseren Verständigung bei. Möglichst viele Menschen sollten sich den zahlreichen Wandergruppen anschließen: hinausziehen in die Natur, den Pulsschlag von Wald und Gemarkung fühlen und genießen.

Zahlreiche Bürgerinnen und Bürger haben sich zwischenzeitlich auf den Weg zurück zur Natur begeben. Dies ist auf einen Wandel der persönlichen Einstellung zurückzuführen. Viele Bedürfnisse sind befriedigt. Die Freßwelle ist vorüber, die Konsumwelle leicht abgeebbt. Nun erleben wir einen Aufbruch zu neuen Ufern, die so neu gar nicht sind. Allein in unseren Tagen treffen das Bedürfnis nach Rückbesinnung und die Nachrichten über unsere bedrohte Natur zusammen. Dies ist ein Beweis dafür, daß unsere Umwelt noch viele gute Anwälte braucht.

Wanderer zählen seit jeher zu den Naturschützern. Echte Wanderfreunde werfen keinen Unrat in die Landschaft, stören weder Tier noch Pflanze. Sie wissen mit dem wertvollen Gut Natur umzugehen, es zu respektieren.

Auch der 9. Internationale Volkswandertag der Wandergruppe ... zählt zu denjenigen Veranstaltungen, die beiden Anliegen gerecht werden wollen: Verständigung durch gemeinsames Handeln und Umweltschutz durch schonenden Umgang mit der Natur. Hinzu kommt der Erfahrungsaustausch, den die Wanderfreunde aus den zahlreich teilnehmenden Nationen betreiben.

Ich kann derartige Veranstaltungen nur begrüßen. Ich wünschte mir, daß noch mehr solch völkerverbindende Treffen stattfinden. Nur so wächst die große Familie der Nationen zusammen, nur so können Feindschaften – auch mit der Natur – abgebaut werden. Ich hoffe, daß die 9. Internationale Volkswanderung dazu einen großen Beitrag leisten wird, und wünsche allen Teilnehmern erlebnisreiche und besinnliche Stunden.

GRUSSWORT ZU EINER INTERNATIONALEN VOLKSWANDERUNG

Die Freiräume des Menschen wachsen. Mußten unsere Großeltern und teilweise sogar unsere Eltern noch 12, 14 oder gar 16 Stunden am Tag arbeiten, so hat sich dies nunmehr auf weniger als 40 Stunden in der Woche reduziert. In aller Regel haben die Bürger heutzutage lange Feierabende, freie Wochenenden und die nötige Muße, sich in einem Hobby, in einer Interessengemeinschaft oder beim Sport selbst zu verwirklichen, Ruhe und Ausgleich für die Sorgen des täglichen Lebens zu finden.

Wandern ist eine Möglichkeit sinnvoller Freizeitgestaltung, die sich in den vergangenen Jahren steigender Beliebtheit erfreut. Das Wiederentdecken der Natur, die Rückbesinnung auf die Umwelt oder einfach die Freude an der Fülle der Farben-, Formen- und Artenvielfalt in heimischen Wiesen, Feldern und Wäldern hat die Bürger veranlaßt, vom Auto auf Schusters Rappen umzusteigen. Oftmals bedarf es nur eines kleinen Anstoßes, um die Menschen vom Fernseher, Videogerät oder Autowaschplatz aufzuschrecken. Die Volkswanderungen ziehen inzwischen Tausende von »Wandervögeln« an, die gemeinsam mit Gleichgesinnten in der Freiheit von Mutter Natur unterwegs sein wollen.

Mit … als einzigartiger Landschaftsform haben Sie für Ihre Volkswanderung ein Stück Natur gewählt, von dem ich hoffe und wünsche, daß es Sie begeistert und darüber hinaus ermuntert, seine Wälder und Kuppen immer wieder einmal zu besuchen und neu zu entdecken.

Grusswort für den Österreichischen Alpenverein

Es ist eine Freude, durch Gottes freie Natur zu wandern. Zum Glück haben wir in … noch weite Flächen naturnah erhaltener Kulturlandschaft. In einigen Regionen ist dies leider nicht mehr der Fall. Dort wurden bewaldete Hänge weitläufigen Skipisten geopfert und Auenlandschaften durch Asphaltbahnen zerschnitten – mit der Konsequenz, daß das Ökosystem aus dem Gleichgewicht geraten ist.
In unserem Bezirk wachen neben vielen anderen Organisationen auch die Heimat- und Wandervereine darüber, daß unsere Natur erhalten bleibt. Reizvolle, die Landschaft schonende Wanderwege wurden angelegt, von den Vereinen und Verbänden geschaffene Rast- und Ruheplätze ergänzen das Angebot für den Naturfreund.
In der großen Zahl der Heimat- und Wandervereine hat die … Sektion des Österreichischen Alpenvereins einen festen Platz. Durch ihn und mit ihm können viele hundert Bürger Mutter Natur besuchen. So lange dies noch möglich ist, in … und anderswo, bin ich optimistisch, daß das Verantwortungsbewußtsein von uns allen über den Raubbau an unserer Umwelt siegen wird.

ZITATE ÜBER DAS WANDERN UND DIE FREIE NATUR

»Die Natur ist die große Ruhe gegenüber unserer Beweglichkeit. Darum wird sie der Mensch immer mehr lieben, je feiner und beweglicher er werden wird.«

Christian Morgenstern, »Stufen: Natur«

»Die Natur ist ein unendlich geteilter Gott.«

Friedrich Schiller, »Theosophie des Julius«

»Wir können die Natur nur dadurch beherrschen, daß wir uns ihren Gesetzen unterwerfen.«

Francis Bacon, engl. Philosoph und Staatsmann

»Wem Gott will rechte Gunst erweisen, den schickt er in die Weite Welt.«

Joseph von Eichendorff, »Der frohe Wandersmann«

»Wenn du keinen Gesellschafter hast, ziehe deinen Spazierstock in Erwägung.«

Albanische Redensart

»Ein Sträußchen am Hute, den Stab in der Hand, zieht rastlos der Wandrer von Lande zu Land.«

Volkslied von Konrad Rotter

»Hinaus in die Ferne mit lautem Hörnerklang!«

Wanderlied von A. Methfessel

»Ich bin nur ein armer Wandergesell.«

Eduard Künneke, »Der Vetter aus Dingsda«

»Wer recht in Freuden wandern will, der geh' der Sonn' entgegen.«

Emanuel Geibel, »Morgenwanderung«

»Am schönsten ist die Erde unbebaut.«

Paul Ernst, dt. Schriftsteller

»Der Mensch ist ein Teil der Natur und nicht etwas, was zu ihr im Widerspruch steht.«

Bertrand Russell, engl. Philosoph

»Regenwetter verbindet.«

Günter Grass, dt. Schriftsteller

»Jahrhunderte braucht ein Wald, um zu wachsen, in einer Nacht brennt er ab.«

Georges Sorel, franz. Sozialist

»Die Welt ist so schön und wert, daß man um sie kämpft.«

Ernest Hemingway, »Wem die Stunde schlägt«

»Die Großstädte sind die Verbrennungsöfen eines Volkes, das Land ist Regenerationsgegend.«

Erich Mende, dt. Politiker

»Durch die Wälder, durch die Auen/Zog ich leichten Muts dahin.«

Carl Maria von Weber, »Freischütz«

»Willst du besser sein als wir, lieber Freund, so wandre.«

Johann Wolfgang von Goethe, »Epigramme«

»Die deutsche Wanderlust geht zuletzt aus dem abenteuerlichen Sehnen nach einem idealen Land hervor.«

Gustav Freytag, dt. Schriftsteller

»Die frische Luft des freien Feldes ist der eigentliche Ort, wo wir hingehören; es ist, als ob der Geist Gottes dort den Menschen unmittelbar anwehte und eine göttliche Kraft ihren Einfluß ausübte.«

Johann Wolfgang von Goethe

»Der Sinn des Reisens ist, an ein Ziel zu kommen, der Sinn des Wanderns, unterwegs zu sein.«

Theodor Heuss, erster dt. Bundespräsident

»Es gehört zum Begriff des Spazierengehens, daß man keinen ernsthaften Zweck damit verbindet.«

Wilhelm von Humboldt, »Brief an eine Freundin«

»Die Landschaft erobert man mit den Schuhsohlen, nicht mit den Autoreifen.«

Georges Duhamel, franz. Schriftsteller

»Wer sein Vaterland nicht kennt, hat keinen Maßstab für fremde Länder.«

Johann Wolfgang von Goethe, »Wilhelm Meisters Lehrjahre«

»Die Deutschen sind das wanderfreudigste Volk der Welt.«

Hannes Gasser, Leiter einer österr. Berg-Schule

Musik

Musik:
Atem der Statuen,
vielleicht:
Stille der Bilder.

Rainer Maria Rilke

»Singe, wem Gesang gegeben«, forderte Ludwig Uhland 1812 in seinem Gedicht »Freie Kunst«. Der Aufruf hat bis heute Bestand, und er hat gefruchtet, betrachtet man die Fülle der Gesangvereine, Sängervereinigungen oder Chöre, deren Beiträge uns so viele gesellige Veranstaltungen verschönern.
Der Gesangverein ... zählt seit ... Jahren zum Chor der Chöre. Seit seiner Gründung trägt er a cappella Kulturgut europäischen Geistes zur eigenen und zur Erbauung seiner Mitbürger vor. Einstudiert an langen Abenden, wirbt er mit Johann Gottfried Seumes geflügelten Worten, die dieser 1804 in seinem Gedicht »Die Gesänge« niedergeschrieben hat:
»Wo man singt, laß Dich ruhig nieder
ohne Furcht, was man im Lande glaubt;
wo man singet, wird kein Mensch beraubt;
böse Menschen haben keine Lieder.«
Bis vor wenigen Jahren galt dies für die unter sich gebliebenen Männer. Seit ... jedoch ist der Gesangverein ... ein gemischter Chor, so daß zu Bässen und Tenören Alt und Sopran als Ergänzung ihre Stimmen erheben. Erinnyen-Gesang ist nicht daraus geworden. Daß dies auch zukünftig so bleibt, wünsche ich dem Verein. Noch bis ins nächste Jahrtausend hinein soll uns Ludwig Uhlands Aufruf Verpflichtung sein.

Grusswort zur Eröffnung von Musiktagen

Fürst Esterházy muß einen schlechten Tag gehabt haben, im Jahre 1772, als er den Musikern seines Orchesters kurzerhand den Urlaub verweigerte. Doch das fürstliche Nein sollte Folgen haben. Wenig später nur war Esterházy zu einem Konzert geladen. Haydn hatte eine neue Symphonie komponiert, die den Fürsten auch durchaus begeisterte, wäre da nicht im letzten Satz Unglaubliches passiert. Plötzlich erhoben sich die Hornbläser, setzten kräftig ein, löschten dann ihre Kerzen, nahmen ihre Noten und verließen das Ensemble. Gleiches geschah anschließend mit den Klarinettisten, den Bassisten, und so verließen nach und nach alle Musiker das Orchester – bis auf die erste Geige, die die Symphonie zu Ende »kratzte«. Fürst Esterházy soll schallend gelacht und schmunzelnd den Urlaub gewährt haben.

Warum erzähle ich Ihnen diese Historie? Ich möchte aufzeigen, daß auch sogenannte »ernste Musik« durchaus fröhlich sein und fröhlich stimmen kann. Hohe Kunst, und als solche müssen die Werke der Klassiker beschrieben werden, erschöpft sich keineswegs im Getragenen, Feierlichen. Im Gegenteil, die Klassiker liefern alles, von der »Kleinen Nachtmusik« bis zum »Karneval der Tiere«, von der »Missa solemnis« bis zum »Barbier von Sevilla«.

Einen Einblick in diese Vielfalt werden wiederum die Musiktage geben. Zum … Male angeboten und von der Bürgerschaft aus … und der weiteren Umgebung mit Spannung erwartet, wird es erneut ein großartiger Kunstgenuß werden.

Möglich macht dies die bewundernswerte Arbeit der Mitglieder, Freunde und Förderer des Vereins … Musiktage. Ihnen also sage ich Dank für Ihr großartiges Engagement. Ich ermuntere Sie, Ihre kulturelle

wie künstlerische Arbeit unbedingt fortzusetzen. Ich weiß, daß Sie diese in keinem Fall an Haydns »Abschiedssymphonie« sondern viel wahrscheinlicher an seiner »Symphonie mit dem Paukenschlag« orientieren. Dabei können Sie mit meiner Unterstützung rechnen.
Ich wünsche Ihnen und uns allen das, was Ludwig van Beethoven in seiner 9. Symphonie so einfühlsam vertont hat: Freude.

Grusswort für ein Kreis-Sängertreffen

Was wäre eine Feier ohne Musik, ohne Gesang oder ohne Schunkeln? Langweilig wäre dieses Fest. Langweilig und ohne jede Stimmung. Dagegen wissen wir doch alle: Ein heiteres Lied sorgt dafür, daß ein Tag gut startet. Oder freundlich und beschwingt abschließt. »Musik ist die Kurzschrift des Gefühls«, hat Tolstoi einmal formuliert.
Sie alle beweisen dies bei Ihrem Sängertreffen in .... 25 Chöre sorgen für einen Kunstgenuß, an dem sich hoffentlich zahlreiche Bürgerinnen und Bürger erfreuen werden.
Plácido Domingo, der weltbekannte Tenor, hat einmal gesagt: »Was ein hohes C ist, bestimme ich.« Damit mag er an vielen Orten der Welt recht haben – hier in ..., beim Kreis-Sängertreffen, hat er das nicht. Hier bestimmen die Sängerinnen und Sänger des Gesangvereins ..., des Sängerkreises ... und des Sängerbundes ..., was ein hohes C oder ein doppelt gestrichenes A ist. Zu unser aller Freude.

Grusswort zu einem Internationalen Musikwettstreit

Bereits im Jahre 1874 schrieb Wilhelm Busch mit spitzer Feder in der Bildergeschichte des »Maulwurfs« den bekannten Satz: »Musik wird oft nicht schön gefunden, weil sie stets mit Geräusch verbunden.« Wie wahr ist dieser Satz auch heute noch, im Zeitalter elektronischer Klangerzeugung. Es ist in der Tat nicht jedermanns Sache, sich mit modernen Tönen anzufreunden. Bekannterweise hat »jedes Tierchen sein Pläsierchen«. Will sagen, daß das, was in des einen Ohr wie Schalmeienklang schmeichelt, für des nächsten Trommelfell bereits Katzenjammer sein kann.

Kein Musiker sollte sich dadurch schrecken lassen. Jedes Stück, jede Kapelle hat eine eigene Liebhaberschar. Und je breiter die Angebotspalette, um so zahlreicher auch die begeisterte Zuhörermenge.

Ich bin sicher, daß die sachkundige wie begeisterungsfähige Bürgerschaft aus Stadt und Landkreis den Internationalen Musikwettstreit um den ...-Pokal mit Spannung und Freude verfolgen wird. Die letzten Jahre haben zu einer Sensibilisierung, zu einer Rückbesinnung auf den Musikzweig als Kunstbereich geführt. Insbesondere seit den Geburtstagsjubiläen von Bach und Händel im Jahre 1985 findet eine Renaissance statt, die zu einer erneuten Blüte musikalischer Kulturgüter geführt hat.

Ich glaube, daß der Musikwettstreit das seine dazu beitragen wird. Vor allem aber bin ich sicher, daß bei diesem Wettstreit künstlerische Höchstleistungen zu hören sein werden. Ich wünsche daher den Besuchern besinnliche, schöne Stunden. Den Musikern rufe ich zu, daß im fairen Wettstreit sicherlich alle bestehen, nur wenige aber herausragen können. Mögen die klangvollsten den ...-Pokal erringen.

Grusswort zum 50. Jubiläum eines Bläserchors

Musik ist mehr als das reine Aneinanderreihen einzelner Töne. Die alten Meister wußten, daß drei Dinge elementar sind, um aus einzelnen Noten ein Werk formen zu können: Harmonie, Melodie und Rhythmus. Sie beherrschten die Technik in höchster Vollendung. Nicht umsonst haben ihre Werke bis zum heutigen Tage nichts von ihrer Virtuosität, von ihrer Einmaligkeit, von ihrer Klangfülle und Sinnesverzauberung verloren.

Leider drängt sich dem Suchenden nach Musikgenuß bei moderneren Werken bisweilen der Eindruck auf, die Stücke seien für den Tag, nicht aber für die Jahrhunderte geschrieben. Dies gilt in gleicher Weise für modernes Liedergut wie für Orchesterkompositionen. Was Wunder also, daß Stücke moderneren Datums nur in geringem Umfang Eingang finden in das Repertoire der Darbietenden.

Der Bläserchor ... hat sich beidem angenommen: der Pflege der überlieferten Werke alter Meister ebenso wie der Darbietung modernerer Stücke. Die Mitglieder des Bläserchores werden ihr Können auf beiden Gebieten zum Jubiläumsfest einmal mehr unter Beweis stellen. Seit einem halben Jahrhundert erfreuen Sie mit Ihrer Musik die Mitmenschen. Ich hoffe und wünsche, daß Sie zur Freude aller Mitbürger auch in den kommenden Jahren »la musica« die Referenz erweisen werden. Für Ihr Fest wünsche ich Ihnen und Ihren Gästen vergnügte und frohe Stunden.

Zitate zu Musik und Gesang

»Ohne Musik wäre das Leben ein Irrtum.«

Friedrich Nietzsche, dt. Philosoph

»Wenn ich Beethoven höre, werde ich tapfer.«

Bismarck, dt. Reichskanzler

»Musik zu hören, ist zweifellos eine der extravagantesten Arbeiten, sein Geld auszugeben.«

Mauricio Kagel, argent. Komponist

»Musik: Atem der Statuen, vielleicht: Stille der Bilder.«

Rainer Maria Rilke, österr. Dichter

»Musik allein ist die Weltsprache und braucht nicht übersetzt zu werden.«

Berthold Auerbach, dt. Schriftsteller

»Musik ist die Kurzschrift des Gefühls.«

Leo Tolstoi, russ. Dichter

»Die Musik drückt das aus, was nicht gesagt werden kann und worüber es unmöglich ist zu schweigen.«

Victor Hugo, franz. Dichter

»Musik ist höhere Offenbarung als alle Weisheit und Philosophie.«

Ludwig van Beethoven, dt. Komponist

»Die Musik ist heutzutage/Wohl der Menschheit größte Plage.«

Heinrich Seidel, »Die Mittelmäßigen«

»Musik wird oft nicht schön gefunden,/Weil sie stets mit Geräusch verbunden.«

Wilhelm Busch, »Dideldum: Der Maulwurf«

»Auf Flügeln des Gesanges,/Herzliebchen, trag' ich dich fort.«

Heinrich Heine, dt. Dichter

»Es wird so viel über Musik gesprochen und so wenig gesagt. Ich glaube überhaupt, die Worte reichen nicht hinzu, und fände ich, daß sie hinreichten, so würde ich am Ende keine Musik mehr machen.«

Felix Mendelssohn Bartholdy, dt. Komponist

»Pflege der Musik ist die Ausbildung der inneren Harmonie.«

Konfuzius, chin. Philosoph

»Musik ist das Geräusch, das denkt.«

Victor Hugo, franz. Dichter

»Sing, bet und geh auf Gottes Wegen, /Verricht das Deine nur getreu« ...

stammt aus dem Lied »Wer nur den lieben Gott läßt walten« von Georg Neumark. Der Studentenübermut fügte den Versen an:

»Kommt dir ein schönes Kind entgegen, laß es nicht ungeküßt vorbei.«

»Die Musik ist der vollkommenste Typus der Kunst: Sie verrät ihr letztes Geheimnis.«

Oscar Wilde, engl. Schriftsteller

»Wo die Sprache aufhört, fängt die Musik an.«

E.T.A. Hoffmann, dt. Schriftsteller

»Ein Mensch, will er auf etwas pfeifen, /Darf sich im Tone nicht vergreifen.«

Eugen Roth, »Sämtliche Menschen«

»So ein Lied, das Stein erweichen,/Menschen rasend machen kann.«

Magnus Gottfried Lichtwer, »Vier Bücher Äsopischer Fabeln«

»Wer nicht liebt Wein, Weib und Gesang, /Der bleibt ein Narr sein Leben lang.«

Martin Luther, dt. Reformator

»Geige: ein Instrument, das menschliche Ohr zu kitzeln, indem man einen Pferdeschwanz an Katzendärmen reibt.«

Ambrose Bierce, amerik. Erzähler

»Was ein hohes C ist, bestimme ich.«

Plácido Domingo, span. Tenor

»Dem Manne muß die Musik Feuer aus dem Geist schlagen.«

Ludwig van Beethoven, dt. Komponist

»Wenn die Musik der Liebe Nahrung ist,/Spielt weiter! Gebt mir volles Maß.«

William Shakespeare, »Was ihr wollt«

Kleintiere

Der Tiere quält,
ist unbeseelt,
und Gottes guter Geist ihm fehlt.
Mag noch so vornehm
drein er schaun,
man sollte niemals ihm vertraun.

Johann Wolfgang von Goethe

Grußwort für einen Kleintier-Zuchtverein

Wer Umweltschutz sagt, meint immer auch Tierschutz. Nur in einer gesunden Natur, in geschützter Landschaft können Tiere – und nicht zuletzt auch der Mensch – ein Überleben haben. Unsre Natur hat viele Anwälte nötig. Wir alle sind gefordert, mehr Umweltschutz zu betreiben.

Tierschützer haben sich dieser Aufgabe gestellt. In vielen Vereinen wird die Liebe zum Tier zur alltäglichen Verpflichtung. Aberhunderte von Mitgliedern kümmern sich um ihre Lieblinge. Daß es sich dabei keineswegs immer nur um große Vierbeiner oder um exotische Importe handeln muß, beweist die große Zahl derjenigen Organisationen, die überwiegend heimische Kleintiere züchten, hegen und pflegen.

Besonders wichtig neben dieser selbstgestellten Aufgabe ist, daß die Vereinsmitglieder jüngeren Menschen Tierliebe vermitteln. Zum ... Mal veranstaltet der Kreisverband ... der Rassegeflügelzüchter eine Jugendschau. Der Kleintier-Zuchtverein ... hat die Ausrichtung dieser Veranstaltung übernommen. Daher gilt mein erster Dank den Mitgliedern der Organisation. Er gilt aber gleichzeitig all denjenigen Rassegeflügelzüchtern, die sich in ihren Vereinen der großen Aufgabe gewidmet haben, Naturschutz und Tierliebe für die Zukunft zu erhalten und auszubauen. Sie leisten für uns alle einen großen Dienst.

Grußwort für die Vereinsschau des Kanarien-, Exoten- und Sittich-Zuchtvereins

Viele heimische Vogelarten stehen auf der »Roten Liste« für vom Aussterben bedrohte Tiere. Leider. Eine zunehmende Verwirtschaftung unserer Umwelt und sich ständig verschlechternde Lebensbedingungen haben den Überlebenskampf für viele gefiederte Freunde derart verschärft, daß sie ihn zu verlieren drohen. Exoten wie Kanarien und Sittiche sind von dieser Entwicklung bei uns nicht betroffen. Dies hat seinen besonderen Grund. Sie leben nicht in freier Wildbahn, sie ringen nicht täglich um ihre Existenz, sie sind nicht den Gefahren ausgesetzt wie freilebende Vögel, vor allem aber: sie genießen die liebevolle Zuneigung derjenigen Menschen, die sich ihrer angenommen haben.
Dieses Engagement ist begrüßenswert, zeigt es doch, daß die Liebe zum Tier auch in einer Zeit der Computer nicht untergeht.
Wir alle können von den Züchtern im Kanarien-, Exoten- und Sittich-Zuchtverein lernen: Wir müssen begreifen, daß alle Lebewesen, sei es ein großes Haustier oder ein kleiner gefiederter Sänger, Geschöpfe von Mutter Natur sind, mit denen wir verantwortungsbewußt umzugehen haben. Wer sich zu Hause eines Tieres annimmt, wird immer auch bereit sein, alles zu unterlassen, was Tieren draußen in unseren Wäldern oder Auen schaden könnte.
Ich appelliere an alle Züchter und Besucher der Vereinsschau des Kanarien-, Exoten- und Sittich-Zuchtvereins ...: Werben Sie dafür, daß alle Mitbürger ihr Verhältnis zum Tier und zur Natur überdenken. Die Vereinsschau, der ich einen guten Erfolg wünsche, ist für diese Anliegen der beste Anlaß.

Grußwort zur großen Vogelschau des Kanarien-, Exoten- und Sittich-Zuchtvereins

Vielfach haben Begriffe aus der Tierwelt Eingang gefunden in den täglichen Wortschatz. Da ist jemand »auf den Hund gekommen«, ein anderer hat »einen Bock geschossen«, eine Frisur rühmt sich als »Pferdeschwanz«, und manch einer behauptet von sich, er sei »arm wie eine Kirchenmaus«.
Die Vögel erfreuen sich in der Umgangssprache ebenso großer Beliebtheit. Einmal im Negativen, wenn jemand »einen Vogel hat«. Dann »piept es auch meist bei ihm«. Und was für den Kammersänger die Eule, das kann für den Musiklaien die Nachtigall sein. Während sich der eine »frei fühlt wie ein Vogel«, sind andere »vogelfrei«, und ihnen wird »das Gefieder geteert«. Nicht zu vergessen die, die ständig mit Eulen in die griechische Hauptstadt unterwegs sind. Was soll das In-die-Ferne-Schweifen – wenn wir vor Ort buntgefiederte Prachtexemplare heimischer wie exotischer Vögel bewundern können. Und was soll vor allem das Schimpfen, jemand habe einen Vogel, wenn wir angesichts der munteren Schar piepsender Federbüschel verzückt wünschen, stolzer Besitzer eines Sittichs oder Kanarienvogels zu sein und somit live täglich eine »Piep-Show« erleben zu dürfen. Den Vogelzüchtern im Landkreis sind vielfach Erfolge in Aufzucht und Hege ihrer Lieblinge beschieden worden. Von Ihnen muß niemand nach Athen reisen, es sei denn, er bringt seine Sittiche oder Kanarien zu einer internationalen Ausstellung.
Bis dahin jedoch ist es ein weiter Weg, und die Züchter müssen die Ergebnisse ihrer Bemühungen um Artenvielfalt und Aufzucht neuer Rassen immer wieder im direkten Vergleich mit ihren Vereinskameraden neu bestimmen lassen. Die große Vogelschau

mit den Stadtmeisterschaften des Kanarien-, Exoten- und Sittichvereins ... ist ein solcher Vergleich der Zuchterfolge. Ich bin optimistisch, daß die in den vergangenen ... Jahren gewonnenen Erfahrungen bereits bei der vorgestellten Schau eindrucksvoll die vielfältigen Bemühungen der zahlreichen Mitglieder widerspiegeln werden.

50. Jubiläum eines Tauben-Zuchtvereins

»Luft-Ratten« werden verächtlich diejenigen Tauben genannt, die unsere Plätze und Anlagen in den Städten bevölkern. Unübersehbar groß ist ihre Anzahl zwischenzeitlich geworden, die durch sie verursachten Schäden sind beträchtlich. Jeder kennt die häßlichen Anblicke: kotverschmierte Denkmäler, vollgekleckste Stufen, Portale, Brunnen, »zugekleisterte« Plätze. In vielen Innenstädten sind die Tauben zur Landplage geworden und werden intensiv bekämpft.

Mit diesen Tauben haben die Mitglieder der heimischen Taubenzucht- und -liebhabervereine nichts im Sinn. Ihre Tauben haben mit den »Luft-Ratten« in der City so viel zu tun wie ein Diamant mit einem Stück Kohle.

Sie, die Mitglieder und Freunde des Tauben-Zuchtvereins ..., widmen sich der Hege, der Pflege und der Zucht von Rassetauben. Was in Ihren Schlägen, Volieren oder Kästen gurrt und flattert, turtelt und schnäbelt, sind edle und wertvolle Farbschläge aus über 140 verschiedenen Rassen unserer Haustaube.

Mit Liebe und Fürsorge widmen Sie sich Ihrer Tiere, immer bemüht, beste Zuchtergebnisse zu erzielen.

Das gelingt Ihnen im Austausch mit Gleichgesinnten, also mit anderen Züchterinnen und Züchtern hier in Ihrem Verein oder in Ihrer Reisevereinigung.
Und daß bei solchen Treffen das Miteinander und die Geselligkeit nicht zu kurz kommen, fördert die Gemeinschaft der Taubenfreunde.
Ihre heutige Jubiläumsfeier ist der beste Beweis dafür, daß Ihr Verein eine lebendige Gemeinschaft geworden und geblieben ist. Ich wünsche Ihnen allen weiterhin viel Freude mit Ihren Rassetauben, gute Zucht- und Reiseerfolge und vor allem gute Kameradschaft in Ihrem Verein.

75. Jubiläum eines Taubenvereins

Schon seit dem Altertum sind uns Tauben als Überbringer von Nachrichten und Botschaften bekannt: Bereits die alten Ägypter und Phöniker wußten die großartigen Flugleistungen der Tauben von bis zu 1 000 Kilometern zu nutzen. Auch Griechen und Römer setzten Tauben für die rasche Überbringung von Nachrichten ein, und den Türken dienten die schnellen Vögel bei ihren Feldzügen als Depeschenträger.
Bei uns in Europa sind Tauben als »Briefträger« erstmals im 16. Jahrhundert nachgewiesen. 300 Jahre später besteht zwischen Brüssel, Antwerpen und Paris eine regelrechte »Brieftauben-Post«. Und aus der Geschichte der großen Nachrichtenagentur Reuter sind Brieftauben nicht wegzudenken, stellten sie doch lange die Übermittlung von Börsennachrichten und Zeitungsmeldungen zwischen Brüssel und Aachen sicher.

Heute, im Zeitalter der Postmoderne, werden Nachrichten via Satellit gefunkt, per Glasfaser transportiert, mit Telefon, Telefax oder Telex von Ort zu Ort übermittelt oder – ganz gewöhnlich – mit der »Post« verschickt.
In der Ära der Elektronik sind Brieftauben überflüssig. Tatsächlich? Kann der Mensch auf die Kreatur, auf dieses liebenswerte und elegante Tier Taube verzichten?
Sie, die Mitglieder und Freunde des Taubenvereins …, wissen um die Bedeutung dieses Vogels für den Menschen. Tierliebe, Fürsorge, Zuneigung – diese Tugenden lehrt uns der Umgang mit Tieren, namentlich der Taube.
Sie alle haben sich dieser Aufgabe verschrieben. Hege und Pflege Ihrer »gefiederten Lieblinge« sind Ihnen besondere Anliegen. Sie geben damit Beispiel für den verantwortungsvollen Umgang des Menschen mit der ihm anvertrauten Kreatur und Natur.
Bewahren Sie sich dieses Engagement. Natur und Umwelt, also Pflanzen und Tiere wie Ihre Tauben, brauchen Sie und uns alle als Anwälte. Dies ist Ihre große Aufgabe, der Sie sich besonders heute, beim 75. Jubiläum, bewußt sein sollten. Ich gratuliere Ihnen von Herzen und wünsche Ihnen allen frohe Stunden im Kreise Gleichgesinnter.

Grusswort zu einer Kreis-Geflügelschau

Es gibt eine Form der Freizeitgestaltung, die jeder Bürger kennt: Fernsehen. Konsumieren, was Programm-Macher anbieten. Passiv im Sessel sitzen und zuschauen.

Mit gestalteter Freizeit hat das jedoch wenig zu tun. Da gibt es Anderes, vor allem Besseres. Hobbys, die den Menschen ausfüllen und befriedigen. Geflügelzucht ist eine solche aktive und aktivierende Aufgabe. Die Vielfalt der Arten, die Fülle der Formen und Farben, die Anmut der Bewegungen, die Einzigartigkeit des Balz- und Kampfverhaltens – all dies übt den Reiz aus, der so viele Menschen sich mit Kleintieren beschäftigen läßt. Wenn die Züchter aus dem Landkreis ... rund ... Tiere zeigen, so beweist dies, welch großen Stellenwert die Geflügelzucht inzwischen einnimmt.

Als Schirmherr dieser ... Schau des Kreisverbandes der Rassegeflügelzüchter wünsche ich den Ausstellerinnen und Ausstellern Erfolg und Zufriedenheit. Ich verbinde dies mit dem Appell, sich Ihre Liebe zum Tier zu bewahren und vor allem jungen Menschen als Vorbild zu dienen. Nur so werden die Jugendlichen erkennen, daß Freizeit mehr ist als nur freie Zeit.

Grusswort für einen Rassekaninchen-Zuchtverein

Wir im Landkreis ... leben leider nicht auf einer »Insel der Seeligen«, abgeschirmt von aller Unbill des Lebens. Im Gegenteil: auch unsere Heimat ist bedroht. Denken wir nur an den kranken Wald, an verschmutztes Wasser, an schadstoffbelastete Luft. Umweltschutz ist das Gebot nicht erst dieser Stunde. Die im Landkreis ... Verantwortlichen haben sich der gewichtigen Aufgabe bereits seit längerem gewidmet. Wir wissen, daß Natur und Landschaft, Fauna und

Flora diejenigen Werte sind, die zuerst und vor allem geschützt werden müssen.
Warum sage ich Ihnen als Kleintierzüchtern solche Worte? Weil ich weiß, daß alles politische Handeln erst dann erfolgreich wird, wenn die Bürger mitziehen. Genau dies tun Kleintierzüchter in beispielhafter Weise.
Sie lieben Ihre Tiere. Sie wissen, daß Ihre kleinen Lieblinge erst dann richtig gedeihen, wenn sie täglich umsorgt und gepflegt werden. Tierliebe und Tierschutz haben Sie als Kleintierzüchter verinnerlicht.
Es ist nicht vorstellbar, daß derjenige, der ein Kaninchen, eine Rassetaube oder ein Huhn aufzieht, pflegt und umsorgt, mit Natur, Landschaft und freilebenden Tieren weniger sorglos umgeht. Ich bin vielmehr der festen Überzeugung, daß wir bei unseren Bemühungen um mehr Naturschutz nicht zuletzt auf die große Zahl der Kleintierzüchter bauen können, weil sie mit gutem Beispiel vorangehen.
Ihre Kreismeisterschaft, ausgetragen von den Mitgliedern des …, wird einmal mehr beweisen, zu welchen Erfolgen die heimischen Züchter fähig sind. Sie wird vor der Öffentlichkeit sichtbar machen, wie wichtig und erfolgreich Tierliebe ist. Sie wird somit Beispiel geben für uns alle, mit unserer Umwelt sorgsam umzugehen. Ich danke daher allen Kleintierzüchtern und wünsche Ihnen erfolgreiche Kreismeisterschaften.

Grusswort zur Landesgruppenschau des Vereins für Deutsche Schäferhunde

Einige Haustiere genießen im Bewußtsein der Bürger das Privileg, besonders enge Freunde der Menschen zu sein. Der Hund ist eines jener Tiere. Seit Jahrhunderten zählt er zu den treuesten Begleitern des Menschen. In ungezählten Überlieferungen, Sagen, Berichten und Darstellungen spielt diese enge Freundschaft zwischen Mensch und Hund eine herausgehobene Rolle.

Im Gegensatz zum Gebrauchstier ist der Hund niemals Gefahr gelaufen, verdrängt zu werden. Nicht einmal die moderne Freizeit- und Konsumgesellschaft konnte ihn im Bestand bedrohen. Wenngleich doch eine Wandlung im Bewußtsein festzustellen ist: Immer häufiger und immer lauter ist der Ruf nach dem »Hund in Taschenbuchausgabe«, nach dem kleinen Vierbeiner, sozusagen en miniature oder als »Bonsai der Hunde« zu vernehmen. Der Trend, die Mode geht vom großen, klassischen Hund hin zum heruntergezüchteten Kleinhund.

Ich weigere mich, eine Beurteilung dieses Modetrends abzugeben. Mode unterliegt geschmacklichen Schwankungen, und es gibt ernstzunehmende Stimmen, die die Anpassung der Kreatur an das Diktat der Mode als Versündigung an der Schöpfung begreifen. Zweifellos zählt die Ortsgruppe … im Verein für Deutsche Schäferhunde zu jenen Vereinigungen, die den Schäferhund erhalten wollen als das, was er ist: einer der schönsten, bekanntesten und edelsten Hunde, die der Mensch besitzt.

Ein hehres Ziel, das Sie alle mit Zähigkeit und Liebe zum Tier anstreben. Ich wünsche Ihnen allen dabei viel Erfolg; insbesondere für Ihre Landesgruppenschau in …, wo sich die heimischen Schäferhunde mit der Elite des Landes messen sollen.

Zitate zu dem, was kreucht und fleugt

»Im Tierreich gilt das Recht des Stärkeren. Uns Menschen sind die Schwachen anvertraut.«

Kyrilla Spiecker

»Sich mit fremden Federn schmücken«.

Nach Äsop, »Dohle und Eule«

»Nicht so vieles Federlesen«.

Johann Wolfgang von Goethe, »Westöstlicher Divan«

»Nachtigall, ich hör' dich singen.«

Aus dem Volkslied »Frau Nachtigall« von 1750. Damit gibt man zu erkennen, daß man die Absicht eines anderen erraten hat. Berlinerisch: »Nachtigall, ick hör' dir trapsen!«

»Der Pfau ist ein blühendes Huhn.«

Nach H. Hoving (niederl. Schriftsteller), Kinderbeschreibung

»Der Karnickel hat angefangen!«

Aus der vom Reimer und Kupferstecher Heinrich Lami in Verse gebrachten Geschichte »Eigennützige Dienstfertigkeit« (veröffentlicht 1828), in der ein Pudel das lebende Kaninchen einer Marktfrau zerreißt. Obwohl der Pudelbesitzer der Geschädigten zehnfachen Ersatz bietet, besteht diese darauf, daß er mit ihr »auf die Obrigkeit« geht. Ein Schusterjunge, der dem Streit zuhört, nimmt Partei für den Herrn und verspricht, gegen ein Trinkgeld zu bezeugen, »det der Karnickel hat angefangen.«

»Ich wünsche, daß sonntags jeder Bauer sein Huhn im Topfe hat.«

Heinrich IV., König von Frankreich

»Wer hat die Eulen nach Athen gebracht?«

Aristophanes, »Vögel«

»Wolkenkuckucksheim«.

Aristophanes, »Vögel«; von den Vögeln in die Luft gebaute Stadt, Phantasiegebilde

»Was der Pfau zu wenig hat am Kopf, das het er zuvil am Schwantze.«

Volksweisheit

»Es ist besser, ein junger Spatz zu sein, als ein alter Paradiesvogel.«

Mark Twain, amerik. Schriftsteller

»Der untrüglichste Gradmesser für die Herzensbildung eines Volkes und eines Menschen ist, wie sie die Tiere betrachten und behandeln.«

Berthold Auerbach, dt. Schriftsteller

»Der Tiere quält, ist unbeseelt, und Gottes guter Geist ihm fehlt. Mag noch so vornehm drein er schaun, man sollte niemals ihm vertraun.«

Johann Wolfgang von Goethe

»In einer Welt des Hasses und der Gewalt dürfen wir glücklich sein, der Ehrfurcht vor dem Leben zu dienen. Ethisch ist der Mensch nur, wenn ihm das Leben, auch das des Tieres, heilig ist.«

Albert Schweitzer, elsäss. Arzt und Kulturphilosoph

»Der kleine Tierquäler erwächst zu einem harten, grausamen Mann.«

Jean Paul, dt. Schriftsteller

»Ein einfacher Zweig ist dem Vogel lieber als ein goldener Käfig.«

Fernöstliche Weisheit

»Der Hund ist der sechste Sinn des Menschen.«

Friedrich Hebbel, dt. Dichter

»Es möchte kein Hund so länger leben.«

Johann Wolfgang von Goethe, »Faust«

»Ein Hündchen wird gesucht,/Das weder murrt noch beißt ...«.

Johann Wolfgang von Goethe, »Xenien«

»Der Hund ist die Tugend, die sich nicht zum Menschen machen konnte.«

Victor Hugo, franz. Dichter

»Hunde haben alle guten Eigenschaften des Menschen, ohne gleichzeitig ihre Fehler zu besitzen.«

Friedrich der Große, preuß. König

»Das also war des Pudels Kern«.

Johann Wolfgang von Goethe, »Faust«

»Ich verabscheue Leute, die Hunde halten. Es sind Feiglinge, die nicht genug Schneid haben, selbst zu beißen.«

August Strindberg, schwed. Dichter

»Wenn alles nichts hilft, muß man die Hunde zum Jagen tragen.«

Egon Lutz, dt. Politiker

»Viele Hunde sind des Hasen Tod.«

Sprichwort

»Der eigene Hund macht keinen Lärm – er bellt nur.«

Kurt Tucholsky, dt. Schriftsteller

»Wenn du einen verhungernden Hund aufliest und machst ihn satt, dann wird er dich nicht beißen. Das ist der Grundunterschied zwischen Hund und Mensch.«

Mark Twain, amerik. Schriftsteller

»auf den Hund kommen« – in schlechte Verhältnisse geraten, herunterkommen
»aus jedem Dorf ein Hund« – von allem etwas
»bekannt wie ein bunter Hund« – sehr bekannt
»da liegt der Hund begraben« – Problempunkt
»den letzten beißen die Hunde« – der letzte hat es am schwersten
»Der Knüppel liegt beim Hund.« – die Dinge hängen eng zusammen
»Er hat Schulden wie ein Hund Flöhe.« – sehr viele Schulden haben

Schule

Lernst du wohl,
wirst du gebratener Hühner voll,
lernst du übel,
mußt du mit der Sau zum Kübel.

Martin Luther

»Auch eine Reise von 1.000 Meilen muß mit einem Schritt beginnen.« Wie trefflich paßt dieses aus dem fernen China stammende Zitat des großen Weisen Laotse zum 10jährigen Bestehen der ...-Schule. Vor einem Dezennium wurde dieser »erste Schritt« zur Gründung der gymnasialen Oberstufenschule unternommen. Mut, gepaart mit großem pädagogischen und persönlichen Einsatz, kennzeichnen die Phase des kompletten Neuaufbaus einer Schule, die natürlich auch begleitet war von der Sorge um den gesicherten Bestand in der Zukunft.
Heute ist die Schule über diese Anfänge weit hinaus. Sie steht fest verwurzelt in der vielfältigen Bildungslandschaft und unterbreitet Eltern wie Schülern ein solides Angebot, Kenntnisse zu erwerben und Wissen zu vertiefen. Ob Latein oder Russisch – die ...-Schule bietet eine reichhaltige Palette von Leistungskursen moderner Lerneinheiten an. Dabei kommt ihr die gute räumliche Ausstattung zu Hilfe; ebenfalls ein Kriterium, das zu ihrer gewachsenen Bedeutung und ihrer gesicherten Stellung im Schulverband des Raumes ... beigetragen hat.
Jede Schule hat bei Eltern, Lehrern und Schülern ihren eigenen Ruf. Der ...-Schule wird nachgesagt, daß ihre Schüler und Schülerinnen auf einem angeglichenen Ausgangsniveau eine breite Allgemeinbildung und die Studierfähigkeit erwerben. Zudem wird sie geschätzt, weil sie keine Spezialisten ausbildet, sondern neben der Vermittlung grundlegender Kenntnisse zu selbständigem Denken und Handeln erzieht und zur aktiven Teilnahme am kulturellen Leben motiviert. (Nicht zuletzt aber macht die Schule – ganz im Sinne ihres Namensgebers – Mut zur Übernahme politischer Verantwortung. Ihr Name ist Mahnung und Verpflichtung zugleich.)

Der gute Ruf dieser Schule kommt nicht von ungefähr. Er ist das Ergebnis der Arbeit einer engagierten Schulgemeinde. Dafür spreche ich allen Pädagogen, der Elternschaft und den Schülerinnen und Schülern meinen herzlichen Dank aus. Ich verbinde ihn mit einer zweiten Weisheit aus dem fernen China: »Fürchte dich nicht vor dem langsamen Vorwärtsgehen, fürchte dich nur vor dem Stehenbleiben.« Ich wünsche der Schule diese kontinuierliche Weiterentwicklung in eine gute Zukunft.

20. Jubiläum einer Schule

Christian Morgenstern, einer der großen deutschen Schriftsteller und Dramaturgen, beschrieb um die Jahrhundertwende einen Hauptzug aller Pädagogik als »das unbemerkte Führen«. »Unbemerkt« im Sinne von sanft oder behutsam, »Führen« im Sinne von begleiten oder geleiten.
Das beste Beispiel für dieses »sanfte Geleit« junger Menschen ist Ihre Schule. Ziel der in ihr wirkenden Pädagogen war und ist es, die ihnen anvertrauten Kinder nach ihren Begabungen, Neigungen und Fähigkeiten zu fördern. Dies gelingt Ihnen in vorbildlicher Weise nicht erst seit …, als die Entwicklung der Schule zu einer Haupt- und Realschule mit Förderstufe begann. Die heutige Schule gründet sich auf der … als … eingerichteten Bildungsanstalt. Insofern hat Pädagogik in Ihrer Schule eine bedeutend längere Tradition als das Jubiläum, das Sie heute feiern.
Sämtliche stürmischen Phasen hat Ihre Schule überstanden. Der Grund hierfür ist offenkundig: Alle am

Schulleben Beteiligten – Lehrer, Eltern und Schüler – haben ein Schulklima geschaffen, das über die engagierte Erziehungs- und Bildungsarbeit hinaus durch zahlreiche Aktivitäten ein konstruktives Lernen und Arbeiten ermöglicht.
Der Auftrag an die Schule heute und in Zukunft wächst. Eine Erweiterung erfährt er durch das zusammenwachsende Europa und die rasanten Entwicklungen in den östlichen Nachbarländern. Die Schule muß ihre Schüler als junge Europäer betrachten und sie darauf vorbereiten, ihre Rolle als gesamteuropäische Bürger jenseits nationalstaatlichen Kleinbürgertums zu begreifen.
Der rege Schüleraustausch der Schule mit Frankreich, Großbritannien und den Niederlanden ist eine wichtige Voraussetzung dafür, daß die Schüler den Kontinent als »gemeinsames Europäisches Haus« verstehen, in dem sie sich selbstverständlich und unbefangen bewegen und entfalten können.
Der bekannte französische Soziologe Didier Lazard hat einmal formuliert: »Die Zukunft der Völker liegt auf den Schulbänken.« Ich kann dem nur zustimmen und anfügen: Die Zukunft der Jugend aus … liegt auf den Bänken der Schule, der ich zum 20. Jubiläum herzlich gratuliere, und der ich zugleich wünsche, daß sie ihre jungen Menschen weiterhin sanft in eine gute Zukunft geleitet.

25jähriges Bestehen einer Volksschule

Was ist Heimat? An der Beantwortung dieser Frage haben sich schon Generationen von Dichtern und Denkern versucht. Mir gefällt die Interpretation des

bekannten Schweizer Schriftstellers Max Frisch sehr gut, der feststellte: »Heimat ist der Mensch, dessen Wesen wir erreichen und vernehmen.«
Schule ist ein Ort, wo Menschen zusammenkommen. Lehrerkollegen arbeiten miteinander, Schüler fügen sich in Klassenverbänden zusammen, Eltern treffen sich. Schule ist der Ort, wo Menschen erreichbar und vernehmbar sind. Schule, das ist immer ein Stück Heimat.
Sicherlich, Schule als Bildungseinrichtung hat den Auftrag, jungen Menschen Wissen zu vermitteln, sie zu erziehen und für die Zukunft zu rüsten. Doch was wäre das für eine Schule, die sich allein und ausschließlich auf den ihr vom Gesetzgeber zugewiesenen Auftrag beschränkte! Schule ist weit mehr als reine Lehr- und Lernanstalt, sie ist Stätte der Begegnung, der Kommunikation, ja auch der Geselligkeit. Volksschule zumal! Mehr als jede andere Bildungseinrichtung stehen unsere Volksschulen inmitten des Lebens ihrer Heimatgemeinden. Sie sind lebendiger Part der jeweiligen Gemeinschaften.
Ihre Volksschule in ... hat es geschafft, diesen Platz im dörflichen Leben sehr schnell einzunehmen. Heute, 25 Jahre nach ihrer Gründung, ist sie aus ... nicht mehr wegzudenken. Mit 25 Jahren ist Ihre Schule zwar noch relativ jung, doch kann sie gleichwohl heute schon Kinder unterrichten, deren Eltern mit Stolz behaupten, selbst schon »genau diese Schulbank« gedrückt zu haben.
Ich beglückwünsche ... zu dieser Volksschule. Und ich wünsche der gesamten Schulgemeinde, daß sie ihre Schule auch in Zukunft als Heimat der Kinder und der Kindheit versteht.

»Große Tradition verpflichtet, sie verpflichtet zum Streben nach gleich großer Zukunft.« Konrad Adenauer war es, der dieses historische Wort im Juni 1919 bei der Wiedergründung der Kölner Universität prägte.
Heute paßt das Wort des »Alten«, wie der erste Kanzler der Bundesrepublik Deutschland respektvoll genannt wurde, auf Ihre Grundschule im jetzigen Stadtteil .... Vor mehr als einem dreiviertel Jahrhundert gegründet, kann die Schule auf eine lange pädagogische Tradition zurückblicken und zugleich mit Stolz behaupten, die tiefgreifenden Veränderungen im politischen, wirtschaftlichen und sozialen Bereich nicht nur überdauert, sondern zugleich ihr eigenes pädagogisches Profil bewahrt zu haben.
Noch in der Kaiserzeit als »staatliches neues Schulhaus mit vier Klassenräumen und einer Dampfheizung« zum stolzen Preis von 49 000 Mark erbaut, war die Grundschule in ... seitdem für Tausende von Kindern das, was wir heute als »Schule fürs Leben« bezeichnen: Bildungs- und Erziehungsanstalt, aber auch Heimat. Daran hat auch die Eingemeindung von ... in die Stadt ... nichts geändert. Im Gegenteil: Mit der wachsenden Bevölkerungszahl des heutigen Stadtteils wurden moderne An- und Umbauten erforderlich, die – einhergehend mit der pädagogischen Weiterentwicklung – der Schule zu dem verholfen haben, was sie heute ist: eine moderne Grundschule, die ihren festen Platz in der Stadtteilgemeinschaft hat.
Ich wünsche der Schule und ihrer Schulgemeinde die Kraft zum »Streben nach gleich großer Zukunft«. »Tradition pflegen», so sagt ein Wort aus Frankreich, »heißt nicht, Asche aufbewahren, sondern Glut am Glühen halten.« Ich ermuntere Sie alle, Eltern,

Lehrer und Schüler, Ihre Schulgemeinschaft in diesem Sinne zu erhalten und zu pflegen.

150JÄHRIGES BESTEHEN EINER SCHULE

Wir schreiben das Jahr 1840. Zwischen Nürnberg und Fürth faucht seit fünf Jahren die erste Eisenbahn auf deutschem Boden, der legendäre »Adler«. Die Mähmaschine von McCormick, der Telegraph von Morse, die Photographie von Niepce und Daguerre sind gerade erfunden. Und in wenigen Jahren werden der Dampfhammer, das Morsealphabet, Papier aus Holzschliff, die Straßenbeleuchtung mit Bogenlampen und viele andere Dinge erfunden sein und die Welt verändern. 1840 ist eines jener Jahre, das wir heute zum Zeitalter der »industriellen Revolution« zählen. Es ist eine Zeit des Aufbruchs und des Umbruchs. Der industrielle Fortschritt einerseits und die rasch wachsende Bevölkerungszahl andererseits zwingen den Staat zu einer Verwaltungsreform. Dringend benötigt werden Menschen, die gebildet und ausgebildet sind, die lesen und schreiben, die rechnen können.

In diese bewegte Zeit fällt die Gründung der Schule in …, die 1843 mit großherzoglicher Regierungsgenehmigung ihre Tore öffnet. Welch eine Chance erhalten die Kinder in … durch diese junge Bildungsanstalt in jenen Tagen!

Die Möglichkeiten wurden konsequent genutzt: Schon 1870 erfolgte der Ausbau zu einem Real-Progymnasium mit – wir würden heute sagen – gegliedertem Angebot, der Laufbahn »hin zum Studium« und der Laufbahn »für das Geschäftsleben«. Diese

Differenzierung belegt eindrucksvoll, wie fest verwurzelt die Schule in der Bürgerschaft von … war – und bis heute geblieben ist. Selbst wenn sich die heutige Schule über eine Städtische Oberschule und über ein Gymnasium bis zur jetzigen schulformbezogenen Gesamtschule mit gymnasialem Angebot entwickelt hat, so konnte sie doch immer eines bewahren: die feste Verwurzelung als anerkannte pädagogische Einrichtung in der Bürgerschaft von ….
Diese Verankerung bei den Eltern und das hervorragende pädagogische Konzept werden die Schule auch für die Zukunft bestehen lassen. Es sind heute noch weitaus komplexere technologische, gesellschaftliche und kulturelle Aufgaben zu bewältigen als zur Zeit der Schulgründung. Ich bin aber überzeugt davon, daß sich die für die Schule Verantwortlichen diesen Anforderungen im Interesse einer guten Bildung für die nachwachsenden Generationen stellen werden. Arbeiten wir alle gemeinsam weiter an dieser lohnenden Aufgabe.

Grusswort zur »Projektwoche Wald«

Liebe Schülerinnen und Schüler, Ihr habt Großartiges vor! Eine Woche lang werdet Ihr in die Wälder unsrer Heimat ziehen und Natur und Umwelt hautnah erleben, sehen, fühlen, riechen. Sicherlich wird die Mehrzahl von Euch das »Erlebnis Wald« viel intensiver aufnehmen, als dies bei einem »normalen« Waldspaziergang der Fall ist. Denn im Gegensatz zum Alltag bringt das Studium des Waldes Einsichten in Zusammenhänge und Wechselwirkungen, die dem Laien verborgen bleiben.

Wissen und Studium bedingen künftiges Verhalten. Wir alle beklagen den sterbenden Wald. Wir alle wissen um die Krankheit von Fichten, von Kiefern, ja sogar der Eiche, der bis heute das Sinnbild von Kraft und Stärke anhaftet. Wir alle wissen aber gleichzeitig, daß jeder einzelne dazu beiträgt, unsere Umwelt zu belasten: durch Auto, Heizung, Müll und vieles andere mehr.

Und genau deshalb ist es so wichtig, daß Ihr in den Wald geht. Wer begreift, daß es sich bei unseren Wäldern um komplexe Lebensräume handelt, in denen es Abhängigkeiten zwischen den verschiedensten Formen von Leben gibt, der wird alles unternehmen, um Schaden zu vermeiden und unsere Umwelt zu schonen.

Anders ausgedrückt: Unser Wald kann gar nicht genug Anwälte haben, die für seinen Schutz ebenso eintreten wie für den pfleglichen und verantwortungsvollen Umgang mit unserer naturnahen Kulturlandschaft schlechthin.

Ich wünsche Euch allen eindrucksvolle, erlebnis- und vor allem lehrreiche Tage in unserem Wald.

Grusswort für einen Lehrstellen-Report

Liebe Schülerinnen und Schüler, der sogenannte »Ernst des Lebens« kommt unaufhaltsam näher. Mit dem Begriff ist Euer Eintritt in das Arbeits- und Berufsleben gemeint. Neun Jahre, zehn oder gar dreizehn Jahre lang habt Ihr die Schulbank »gedrückt«, habt gelernt und Euch angestrengt, um bestmögliche Noten zu erhalten.

Ich bin sicher, Ihr werdet sehr bald erkennen, daß Eure schulische Ausbildung eine wichtige Grundlage für Euer weiteres Leben ist, über dessen Gestaltung ihr Euch gegenwärtig Gedanken macht. Welche Lehre möchte ich antreten? Wo gibt es Ausbildungsstellen? Was kann ich, was liegt mir am besten? Diese und viele Fragen mehr müssen beantwortet werden. Die Palette von Ausbildungsberufen und Ausbildungsstellen ist außerordentlich breit gefächert. Das vorliegende Heft gibt Euch einen Einblick in die Vielfalt der Ausbildungs- und Berufsmöglichkeiten. Und es gibt Euch wertvolle Hinweise zu Bewerbung, Vorstellung und vielen anderen Details.
Ich wünsche jedem einzelnen von Euch viel Erfolg bei der Suche nach der »passenden« Lehrstelle. Und ich wünsche Euch ferner viel Glück und Zufriedenheit auf Eurem weiteren Lebensweg.

Zitate rund um Lehrer und Schüler

»Schule lebt von dem, was immer gilt.«

Hans Maier, bayer. Politiker

»Armselig der Schüler, der seinen Meister nicht übertrifft.«

Leonardo da Vinci, ital. Maler und Bildhauer

»Wer sich auf dem Schulweg verirrt, findet sich durchs ganze Leben nicht zurecht.«

Sprichwort

»Lernen ist wie Rudern gegen den Strom: sobald man aufhört, treibt man zurück.«

Benjamin Britten, brit. Komponist

»Ein Hauptzug aller Pädagogik: unbemerkt führen.«

Christian Morgenstern, »Stufen«

»Die Zukunft der Völker liegt auf den Schulbänken.«

Didier Lazard, franz. Soziologe

»Lernst du wohl, wirst du gebratener Hühner voll, lernst du übel, mußt du mit der Sau zum Kübel.«

Martin Luther, »Tischreden»

»Wenn ein Kind mit guten Zensuren nach Hause kommt, sprechen die Väter von Vererbung.«

Robert Graff, Schauspieler

»Während meines 9jährigen Eingewecktseins an einem Augsburger Realgymnasium gelang es mir nicht, meine Lehrer wesentlich zu fördern.«

Bertolt Brecht, dt. Schriftsteller

»Von meinem Vater habe ich mehr gelernt als von allen Lehrern zusammen, weil er ein Mann war, der mit seinen Söhnen leben konnte.«

Theodor Heuss, erster dt. Bundespräsident

»Vormittags hat der Lehrer recht, nachmittags hat er frei.«

Schülerspruch

»Wenn die Schule kein Gotteshaus ist, so ist sie eine Hölle.«

Papst Pius XI.

Gemeinde

Wer an den Dingen der Stadt
keinen Anteil nimmt,
der ist kein stiller,
sondern ein schlechter Bürger.

Perikles

Grusswort zur 700-Jahr-Feier einer Gemeinde

»Finsteres Mittelalter« nennen wir heutzutage die Zeit, zu der die bislang erste namentliche Erwähnung von ... nachweisbar ist. Die Überlieferungen aus diesen Tagen sind spärlicher als jene anderer Jahrhunderte. Dennoch, die Schenkungsurkunde eines Hauses belegt die Existenz von ... vor nunmehr sieben Jahrhunderten.
Das schmucke Dorf hat alle Unbill der auf diese erste namentliche Nennung folgenden Zeiten überstanden: die Reformation mit dem nachfolgenden Dreißigjährigen Krieg, den siebenjährigen Krieg, die Napoleonischen Feldzüge, den Zerfall des Heiligen Römischen Reiches in Klein- und Kleinststaaten, den Ersten Weltkrieg, die braune Schreckensherrschaft mit Zweitem Weltkrieg und seinen Folgen.
Die Menschen haben in all den Dekaden viel Unheil gesehen und miterleben müssen – aber untergegangen sind sie nicht. Sie erinnern sich auch lieber all der schönen, friedlichen Zeiten, der Renaissance, der Zeit der Dichter und Denker, der vaterländischen Aufbruchstimmung, der Phase des Aufschwungs.
Der Blick zurück darf voller Wehmut sein, der Blick nach vorne, in die Zukunft der Kinder und Enkel, darf dies allerdings nicht. Aus der Geschichte lernen, das Gute übernehmen, das Schlechte ihr belassen; das ist die Aufgabe derer, die heute Verantwortung tragen.
Rund ein halbes Jahrtausend nach der ersten namentlichen Erwähnung von ... formulierte Friedrich Schiller in seinem »Lied von der Glocke« die Gedanken: »Möge nie der Tag erscheinen, wo des rauhen Krieges Horden dieses stille Tal durchtoben«. Er hoffte zu spät und zu früh zugleich. Sein Appell verhallte ungehört.

Vielen Menschen aber waren Schillers Worte aus der Seele gesprochen. Ohne Mut zur Zukunft, ohne den Glauben an bessere Tage hätte ... ebensowenig als Gemeinschaft freier Bürger überleben können wie seine Nachbarn ringsum. Mut und Zuversicht, Glaube und Hoffnung sind es, die den Menschen vorantreiben, die ihn fordern. Dies gilt für die Menschen der Gegenwart in gleicher Weise, wie es für unsere Vorfahren Gültigkeit besaß. Unsere Aufgabe ist es nun, die Werte der Vergangenheit hinüberzuretten in das Morgen für unsere Kinder und Enkel.
Wenn die Bürger der Gemeinde ... in diesen Tagen das 700jährige Bestehen ihres Dorfes feierlich begehen können, dann deshalb, weil ihre Ahnen nicht verzweifelt und zerbrochen sind. Wer aus dem Bewußtsein einer großen Historie das Morgen angeht, bei dem können wir sicher sein, daß er es besteht. ... wird auch in Zukunft leben.

1175jähriges Bestehen einer Gemeinde

Ohne jeden Zweifel: Es ist eine imaginäre Zahl. ... existiert nicht erst seit 1175 Jahren. Mit größter Sicherheit haben schon lange vor dem Jahre ..., also dem Zeitpunkt der ersten nachweislichen urkundlichen Erwähnung, Menschen im Bereich des heutigen Dorfes ... gelebt und eine Heimat gefunden. Allerdings ist dies gegenwärtig nicht nachweisbar.
Diese Ungewißheit sollte niemanden stören. Selbst wenn heute noch nicht letzte Gewißheit über das Datum der Gründung von ... herrscht, eines ist doch längst bewiesen: Über zwölf Jahrhunderte hinweg waren Menschen in diesem Raum gewillt, Leben zu

entwickeln, eine Gemeinschaft aufzubauen, allen Widrigkeiten der Zeiten zu trotzen.
Niemand hat die Zahl der glücklichen Tage gezählt, die die Siedlung, das heutige Dorf ..., gesehen hat. Niemand kennt die Zahl der schwarzen Tage, die auch über dieses Gemeinwesen hinweggezogen sind. Beide, die dunklen wie die heiteren Lose, haben Spuren hinterlassen, die unermüdliche Forscher zu entdecken suchen.
... lebt. Dabei war der Gemeinsinn der Bürger die kraftvolle Klammer für das Überdauern des Dorfes. Eine in sich selbst gefestigte Bürgerschaft, eine lebendige Gemeinschaft, die, bei allen inneren Spannungen, immer wieder zu sich selber als Kraftquelle findet, hat die Chance, in den Wirren der Geschichte und der Zeiten zu überleben.
... wird weiterbestehen, als eigenständiges Dorf in der Dörfergemeinschaft der Großgemeinde ... An seinem über ein Jahrtausend zählenden Standort hat sich ... zu einem modernen Land-Dorf weiterentwickelt. Ich wünsche allen Bürgerinnen und Bürgern, daß sie die Kraft und den Mut finden, dieses Erbe für ihre Kinder und Enkel zu bewahren.

Geleitwort für das neue Geschichtsbuch der Grossgemeinde ... anlässlich der 1200-Jahr-Feier

Begann mit einer 1200 Jahre alten Urkunde das Leben der heutigen Stadt ...? Sicherlich nicht. Lange vor dem Jahre 781, als Karl der Große die Schenkungsurkunde »campus unofelt« abzeichnete, bewohnten Menschen das Land an Haune, Hasel und

Nüst. Und dennoch, mit der königlichen Urkunde, durch die das heutige Gebiet der Großgemeinde ... nebst einigen Teilen von ... in den Besitz der Abtei XY übergingen, wurde der Ort erstmalig in der Geschichte erwähnt und somit als existent festgeschrieben. Von diesem Zeitpunkt an läßt sich die – recht wechselvolle – Geschichte des Ortes, später der Stadt ... nachvollziehen.

1200 Jahre liegen zwischen dem heutigen industriellen Mittelzentrum und seiner ersten Bezeichnung als »campus unofelt« in der Schenkungsurkunde an die Abtei XY, die auch noch 1310, dem Jahr der Beleihung mit dem Gelnhäuser Stadtrecht, die Gebietshoheit über Stadt und Land ausübte.

Erst mehr als ein halbes Jahrtausend später, 1821, wurde in dem kleinen Städtchen eine eigene Landkreis-Verwaltung eingerichtet. Heute sind in ... wichtige Teile der Verwaltung des Großkreises ... erhalten, wenngleich die Stadt auch ihre Zentrumsfunktion in einem eigenen Landkreis verlor. Dennoch, mit der Gebietsreform wurde das 1200 Jahre alte Dokument Karls des Großen wieder lebendig: Die Stadt ... erhielt 14 Stadtteile, die fast ausnahmslos das im »campus unofelt« genannte Gebiet umfassen. Zum zehnten Mal jährt sich dieser Tag der Gebietsneugliederung – vergleichsweise wenig im Verhältnis zur 1200jährigen Geschichte. Und doch ist der Bogen wieder zurückgeschlagen, zu den Frühzeiten Karls des Großen; die jahrelang selbständigen kleinen Gemeinden kehrten zurück zu dem Ort, der vor 1200 Jahren mit ihnen gemeinsam genannt wurde. »Campus unofelt«, das heutige ...

Zitate, aus dem Leben gegriffen

»Fürchte dich nicht vor dem langsamen Vorwärtsgehen, fürchte dich nur vor dem Stehenbleiben.«

Chinesisches Sprichwort

»Tradition soll ein Sprungbrett sein, aber kein Ruhekissen.«

Harold Macmillan, brit. Politiker und Verleger

»Kein weiser oder tapferer Mann legt sich auf die Schienen der Geschichte und wartet, bis der Zug der Zukunft ihn überfährt.«

Dwight D. Eisenhower, 34. Präsident der USA

»Es ist immer wieder erstaunlich, wie schnell sich eine miserable Gegenwart in eine gute alte Zeit verwandelt.«

Gustav Knuth, dt. Schauspieler

»Wer an den Dingen der Stadt keinen Anteil nimmt, der ist kein stiller, sondern ein schlechter Bürger.«

Perikles, athen. Politiker

»Geldmangel ist Gott sei Dank eine zuverlässig funktionierende Guillotine für viele verrückte Pläne.«

Paul Lafargue, franz. Politiker

»Kommunismus ist, wenn jeder von allem genug hat.«

Volksmund der ehem. DDR

»Keine Zeit und keine Macht ist imstande, den Wunsch nach Freiheit zu unterdrücken.«

Niccolò Machiavelli, ital. polit. Schriftsteller

»Der Mensch ist frei geschaffen, ist frei, und würd' er in Ketten geboren.«

Friedrich Schiller

»Tradition pflegen heißt nicht, Asche aufbewahren, sondern Glut am Glühen halten.«

Jean Jaurès, 1914 in Paris ermordeter Sozialist

»Heimat ist da, wo ich verstehe und wo ich verstanden werde.«

Karl Jaspers, dt. Philosoph

»Wenn die anderen glauben, man sei am Ende, so muß man erst richtig anfangen.«

Konrad Adenauer, erster dt. Bundeskanzler

»Es ist großartig, alt zu werden, wenn man sich jung erhalten hat.«

Fosdick

»Ich glaube an den Fortschritt, ich glaube, die Menschheit ist zur Glückseligkeit bestimmt.«

Heinrich Heine, »Deutschland, ein Wintermärchen«

»Das Außerordentliche geschieht nicht auf glattem, gewöhnlichem Wege.«

Johann Wolfgang von Goethe, »Wahlverwandtschaften«

»Begeisterung heißt der Atlas, der die Welt auf seinen Schultern zu neuen Tagen trägt.«

Martin Raschke, dt. Schriftsteller

»Wer die Vergangenheit nicht kennt, wird die Zukunft nicht in den Griff bekommen.«

Golo Mann, dt. Historiker

»Erzähle mir die Vergangenheit, und ich werde die Zukunft erkennen.«

Konfuzius, chin. Philosoph

»Konservativ sein heißt nicht, am Vergangenen hängen, sondern aus dem immer Gültigen leben.«

Eugen Gerstenmaier, dt. Politiker

»Es ist unmöglich, den Augenblick zu leben. Man steht immer mit einem Bein in der Vergangenheit, mit dem anderen in der Zukunft.«

Jules Romains, franz. Schriftsteller

»Die Erfahrungen sind die Samenkörner, aus denen die Klugheit emporwächst.«

Konrad Adenauer, erster dt. Bundeskanzler

»Die Krankheit unserer heutigen Städte und Siedlungen ist das traurige Resultat unseres Versagens, menschliche Grundbedürfnisse über wirtschaftliche und industrielle Forderungen zu stellen.«

Walter Gropius, amerik. Architekt dt. Herkunft

Vereine/Verbände

Der Genuß des Schönsten
vermag nicht zu befriedigen,
wenn ich ihn allein
für mich haben soll.

Adolf Friedrich Sack

Helfen ist in unseren Tagen keineswegs mehr selbstverständlich. Viel zu oft müssen wir miterleben, daß Gleichgültigkeit an die Stelle von Hilfsbereitschaft getreten ist. Wie viele Bürger gehen achselzuckend an einem hilflos auf der Straße liegenden Menschen vorbei. Wie viele Autofahrer passieren eine Unfallstelle in der Hoffnung, der Nachfolgende werde sich schon um die Verunglückten bemühen.
Retter in der Not sind rar geworden. Um so mehr Verantwortung kommt denen zu, die bereit sind, aktiv Hilfe zu leisten, Mitmenschlichkeit und Nächstenliebe zu praktizieren. In unseren Hilfsorganisationen wie dem Deutschen Roten Kreuz haben sich Retter und Helfer zusammengefunden. Sie alle verbindet der Wille, in Not geratenen Mitmenschen humanitäre Versorgung zuteil werden zu lassen.
Die Schnelleinsatzzüge des DRK sind bei diesem Hilfsprogramm ein besonderer Teil. Sie dienen der Erst- und Sofortversorgung der Bevölkerung im Katastrophenfall. Den Helfern fällt daher die Aufgabe zu, besonders intensiv zu trainieren, um im Ernstfall in den entscheidenden ersten Minuten nach dem Unglück Überlebenshilfen zu gewähren.
Die DRK-Schnelleinsatzzüge haben heute einen hohen Leistungsstand. Dies kommt jedoch nicht von ungefähr. Die Helfer trainieren hart, wobei sie durch moderne Technik unterstützt werden. Sie leisten einen entscheidenden Beitrag zu mehr Nächstenliebe und Hilfsbereitschaft.
Ich verbinde meinen Dank an die Helferinnen und Helfer in den Schnelleinsatzzügen mit der Bitte, durch ihre Arbeit Beispiel zu geben für junge Menschen, sie anzuhalten, nicht achtlos an Hilfsbedürftigen vorüberzugehen. Das Beispiel der guten Tat kann vielfach mehr erreichen als alle guten Worte.

40JÄHRIGES BESTEHEN DER ARBEITERWOHLFAHRT

Ohne jeden Zweifel hat sich die Arbeiterwohlfahrt in Stadt und Landkreis auf sozialem Gebiet große Verdienste erworben. Ihr Engagement gilt allen Mitbürgerinnen und Mitbürgern ebenso wie Bedrängten, sozial Schwachen, Randgruppen und Minderheiten. In der Fülle und Summe ihrer Arbeit ist die AWO einzuordnen in die ansehnliche Zahl der Hilfs- und Karitativorganisationen.

Der Landkreis ... ist in vielschichtiger Weise mit der Arbeiterwohlfahrt verbunden. Ich denke nur an die Aufgaben, die wir zugunsten von Asylbewerbern gemeinsam zu erfüllen haben. Diese Zusammenarbeit läuft außerordentlich fruchtbar und verständnisvoll ab. Ich bin guter Dinge, daß dieses nützliche Miteinander zum Wohle aller, auch unserer ausländischen Mitmenschen, beibehalten werden kann.

Es ist in unserer Zeit keineswegs selbstverständlich, daß sich Menschen bereiterklären, anderen in ihrer Not beizustehen. Viel zu oft ertönt der Ruf nach dem Staat, wenigstens aber nach einer »angemessenen Bezahlung«. Die Arbeiterwohlfahrt steht dem als leuchtendes Beispiel entgegen: Seit nunmehr 40 Jahren leistet sie selbstlos Seelsorge an älteren oder schwächeren Teilen unserer Gesellschaft. Sie verkörpert ein Stück Mitmenschlichkeit in unserer hochtechnisierten Gemeinschaft, die dazu neigt, schwächere Mitglieder zu überrollen.

Im Jubiläumsjahr möchte ich daher allen Verantwortlichen und allen Mitarbeiterinnen und Mitarbeitern der Arbeiterwohlfahrt Dank sagen für ihr Engagement zum Wohle der Bevölkerung. Ich verbinde dies mit der Bitte, die Arbeit auch in der Zukunft zu gewährleisten. Wir brauchen die AWO, damit Solidarität und Mitmenschlichkeit nicht verlorengehen.

45JÄHRIGES BESTEHEN EINER SPD-ORTSGRUPPE

Der Zusammenbruch war allumfassend. Nach dem Ende des Zweiten Weltkrieges, nach dem Zusammenbruch des Dritten Reiches und nach der Beendigung der Schreckensherrschaft durch die Nazis lag das deutsche Volk am Boden. In Zonen geteilt und von den Alliierten verwaltet, schien Deutschland ohne Zukunft zu sein.

Und doch, schon in den Trümmern keimten Hoffnung und Mut. Frauen und Männer, während der Naziherrschaft zu politischer Abstinenz gezwungen oder in den Kerkern und Konzentrationslagern eingepfercht, fanden sich in der »Stunde Null« 1945 zusammen, um über die Zukunft ihres Vaterlandes nachzudenken und erste Schritte zu unternehmen. Es war dies die Geburtsstunde der Parteien.

Im Gegensatz jedoch zur CDU, die sich erst als dritte Kraft jenseits von Kommunismus und Kapitalismus formieren und gründen mußte, konnten Sozialdemokraten eine politische Tradition fortsetzen, die allein durch die Naziherrschaft unterbrochen worden war. An vielen Orten des in vier Zonen geteilten Vaterlandes kam es ab 1945 zu Wieder- oder Neugründungen sozialdemokratischer Parteien. Auch in unserer Heimat schlossen sich Frauen und Männer ab 1945 zu SPD-Ortsvereinen zusammen, etwa in ... oder ...

Diese Frauen und Männer, ob in CDU oder, wie in ..., in der SPD, haben ein historisches Verdienst um den demokratischen Weg, den Deutschland bis heute beschreitet und auch in Zukunft nicht verlassen wird. Nie wieder, so die Überzeugung aller Demokraten in ihren Parteien, darf vom deutschen Volk, vom deutschen Boden ein Krieg ausgehen. Dieser Aufbruch der Demokraten bewies, daß zwölf Jahre der Gewalt und der Rechtlosigkeit im deutschen Volk den Sinn für Gerechtigkeit und Verantwortung nicht zerstört hatten.

Unsere Demokratie lebt. Seit ... Jahren lebt unser Volk im freiesten aller Staatssysteme, die es bislang gekannt, ertragen oder miterlebt hat. Das Wechselgefüge von Regierung und Opposition funktioniert. In ... nimmt die SPD die ihr vom Bürger übertragene Aufgabe der Opposition ein, mit allen Rechten und Pflichten. Im 45. Jahr ihres Bestehens in ... können Sozialdemokraten mit Stolz darauf verweisen. Ich wünsche der Partei und den sie tragenden Frauen und Männern die Kraft, diesen von ihnen übernommenen demokratischen Auftrag auch in den nächsten Jahren und Jahrzehnten zum Wohle der Gemeinschaft auszuüben.

Grußwort für eine ADAC-(ÖAMTC-) Veranstaltung

Mofas, Mopeds, Motorräder, also motorisierte Zweiräder, haben in ihrer Gesamtzahl sprunghaft zugenommen und stellen heute einen erheblichen Anteil am täglichen Straßenverkehr. Dieser Trend war abzusehen: der Wunsch des einzelnen, sich individuell bewegen zu können, ist aus dem modernen Leben nicht mehr wegzudenken.

Doch eine solche Entwicklung birgt ihre speziellen Probleme. Sie liegen einerseits in der Gefährdung, die sich für Zweiradfahrer ergibt. Ein motorisiertes Zweirad gehört ohne jeden Zweifel zu den schwächeren Fahrzeugen. Ohne Knautschzonen, im latenten Gleichgewicht gehalten, muß es durch den immer

dichter werdenden Verkehrsstrom geführt werden. Trotz aller Bemühungen – Helmpflicht und Stufenführerschein sind nur einige Neuerungen – kann nicht behauptet werden, daß Zweiradfahren zu den sichersten Fortbewegungsarten gehört.
Auf der anderen Seite haben aber auch Pkw-Fahrer Grund, besorgt zu sein. Die Unachtsamkeit oder gar Rücksichtslosigkeit, mit der mancher Mofa- und Motorradfahrer unterwegs ist, sucht ihresgleichen. Es ist unverantwortlich, was sich teilweise auf Straßen, insbesondere aber auch auf Gehwegen und in Fußgängerbereichen, abspielt.
Ich begrüße es daher außerordentlich, daß der ADAC (ÖAMTC) zum ersten Bundesturnier für Mofas und Motorräder geladen hat. Diese Veranstaltung eröffnet Chancen. Sie kann die überwiegend jüngeren Mofa- und Motorradfahrer und -fahrerinnen dazu anhalten, mehr Rücksicht zu nehmen, sich selbst zunächst einmal rückhaltlos an die Regeln des Straßenverkehrs zu halten, bevor dies – berechtigterweise – von den Autofahrern eingefordert wird. Das Turnier gibt außerdem Gelegenheit, das eigene Können auf dem und mit dem motorisierten Zweirad zu schulen und weiterzuentwickeln.
So wünsche ich allen Teilnehmern zunächst Spaß und in zweiter Linie die Bereitschaft, mehr Rücksicht im Verkehr walten zu lassen.

Natur ist etwas Wunderbares. Zunehmend mehr Menschen besinnen sich, daß Umwelt- und Naturschutz ein Anliegen aller sein muß. Dies wissen insbesondere diejenigen Menschen, die häufigeren Umgang mit der Natur haben: Wanderer, Läufer, Radfahrer und auch Wassersportler. Zwar hat eine wachsende Verschmutzung unserer Gewässer die Badenden aus Flüssen und Seen vertrieben – geblieben aber sind diejenigen, die auf und im Wasser andere Sportarten betreiben, zum Beispiel die Kanusportler.

Sie finden in Österreich beste Bedingungen vor, denn unser Land zählt seit Jahrzehnten zu den europäischen Wildwasserzentren. Dabei sind die Anforderungen unterschiedlich. Flüsse wie die obere Salzach oder die Drau sind für anspruchsvolle Kanufahrten wie geschaffen, während der Kamp in Niederösterreich eher zu einer gemütlichen Paddeltour einlädt. Doch unabhängig vom Schwierigkeitsgrad eint alle Kanuten letztlich die Freude am Sport im nassen Element.

Auch in ... widmen sich zahlreiche Freunde des Kanusports mit Hingabe ihrer Passion. Der Kanuclub ist seit vielen Jahren schon aktiv und erfolgreich. Trotz vielfältiger Schwierigkeiten, die einer ungehinderten Ausübung der schönen Sportart im Wege stehen, sind die Kanuten mit Leidenschaft dabei. Einen der sportlichen Höhepunkte bildet das schon traditionelle ... -Rennen. Es ist ebenso Sportvergnügen wie Wettkampf.

Ich wünsche den diesjährigen Teilnehmerinnen und Teilnehmern an diesem Kanurennen viel Erfolg. Ich wünsche Ihnen aber auch, daß Sie Ihre Sportart – bei allen erforderlichen Kompromissen – noch lange in freien Gewässern ausüben können.

Beim »Blick zurück« verklärt sich häufig genug das Auge. Die Erinnerung schwelgt in zartrosa Tönen. Ja, die »gute alte Zeit«, die in so manchem Falle gar nicht so gut war. Man bedenke nur die sanitären Bedingungen, die sozialen Absicherungen, die vorgeschriebenen oder erforderlichen Arbeitszeiten und vieles mehr. Aber trotzdem war sie schön, die Zeit, auf die wir zurückschauen.
Es sind liebgewordene, weil rare Relikte, die uns ins Schwärmen geraten lassen: ein altes Möbelstück, Massivholz mit Einlegearbeit etwa, ein schönes Fachwerkhaus, ein Oldtimer, um nur einige Beispiele zu nennen. Selbstverständlich zählen auch alte, inzwischen nicht mehr hergestellte Motorräder dazu. Und damit bin ich bei Ihnen, den Besitzern und Freunden von Horex-Maschinen.
Horex – das war einmal ein klangvoller Name bei Motorradfans. Die robusten, bisweilen aber doch auch recht eigenwilligen, weil anfälligen Maschinen haben bis heute ihre Liebhaber behalten. Zum 32. Mal nun treffen sich die stolzen Eigner dieser Motorräder, um Meinungs- und Erfahrungsaustausch zu betreiben, um Kameradschaft zu pflegen. Gut … Horex-Maschinen werden sich im Wonnemonat Mai in … zu einer »Nostalgieparade« einfinden: hochglanzpoliert, möglichst original-ergänzt und vor allem herbeigeführt aus eigener Motorkraft. Rund 30 Jahre sind vergangen, seit die letzte Horex zusammengesetzt und verkauft wurde. Ihr legendärer Ruf hat jedoch bis in die Gegenwart gehalten. Dank der Liebe ihrer Fans bildet diese Maschine heute ein Band, das Menschen in fröhlicher Runde zusammengeführt. Ich wünsche allen Horex-Besitzern und -Freunden, daß sie noch möglichst lange Spaß an ihren Maschinen haben werden. Allzeit gute Fahrt!

Zitate zum Vereins- und Verbandswesen

»Vereinigung ist das Mittel, alles zu können.«

Johann Heinrich Pestalozzi, schweiz. Pädagoge

»Wir könnten viel, wenn wir zusammenstünden.«

Friedrich Schiller, »Wilhelm Tell«

»Vieles kann der Mensch entbehren, nur den Menschen nicht.«

Ludwig Börne, »Über den Umgang mit Menschen«

»Der Genuß des Schönsten vermag nicht zu befriedigen, wenn ich ihn allein für mich haben soll.«

Adolf Friedrich Sack

»Im Verein ist Sport am schönsten.«

Werbemotto des Deutschen Sportbundes (DSB)

»Ein Verein ist eine Vereinigung von Personen, die entweder gemeinsam Krach machen oder miteinander Krach haben.«

Gerhard Uhlenbruck

»Ein Mann mit einer Überzeugung ist stärker als 99 Leute mit Interessen.«

John Stuart Mill, engl. Philosoph

»Den Menschen fehlt nicht die Kraft. Es fehlt ihnen der Wille.«

Victor Hugo, franz. Dichter

»Es ist nicht gut, daß der Mensch alleine sei, und besonderes nicht, daß er alleine arbeite; vielmehr bedarf er der Teilnahme und Anregung, wenn etwas gelingen soll.«

Goethe zu Eckermann

»Der Reifegrad einer Gemeinschaft zeigt sich darin, wie sie mit Fehltritten in den eigenen Reihen fertig wird.«

Gottfried Edel, dt. Aphoristiker

»Der Mensch ist die Medizin des Menschen.«

Aus Afrika

»Je älter die Vereinspräsidenten werden, desto eitler sind sie.«

Ruud Gullit, niederl. Fußballstar

Verschiedenes

Wenn man das Dasein
als eine Aufgabe betrachtet,
dann vermag man es
immer zu ertragen.

Marie von Ebner-Eschenbach

Kirche – das bedeutet Heimat. Durch die Jahrhunderte hinweg haben die Menschen Zuflucht genommen in Gotteshäusern, waren ihnen Kirchen heilige Orte der Sicherheit, der Geborgenheit, des Schutzes und der Einkehr. Gottvertrauen und tiefer Glaube waren die Triebfedern vieler Menschen, ihren persönlichen Frieden mit der Welt zu schließen.
Kirche – das bedeutet Rastplatz auf dem Weg des Lebens. Wann immer Menschen in Not oder Bedrängnis waren, rief sie die Glocke zusammen, spendete ihnen die Gemeinschaft der Gläubigen Stärke und Zuversicht. Besonders in Krisen- und Kriegszeiten.
Kirche – das bedeutet Quelle der Kunst. Noch immer waren die Menschen bereit zu spenden, ihr persönliches Opfer darzubringen. Nicht jeder konnte es sich erlauben, als Kirchenmäzen aufzutreten. Doch oft genug reichte der Stolz einer freien Bürgerschaft aus, sich selbst große Opfer aufzuerlegen, um ein Gotteshaus zu schaffen, das seines Namens würdig war.
Heimat der Seele, Rastplatz der Besinnung, Kunstwerk – diese drei Ansprüche erfüllt die nunmehr 100jährige Pfarrkirche ... auf eindrucksvolle Weise. Abertausend Gläubigen hat sie seit ihrer Weihe als Mittelpunkt des Glaubens gedient; viele Bürger haben die Kirche jedoch auch deshalb besucht, weil sie interessiert waren an einem Zeugnis der Historismus-Zeit: ein neugotisches Gotteshaus, das heute, nach Vollendung des Kirchplatzes, als ruhender Pol Anlaß zu Besinnung gibt.
Selbst relativ jung, steht die Kirche in ... doch für die fast zweitausendjährige Geschichte der Christianisierung. Nicht die Trennung der Konfessionen, nicht die Weggabelung oder die Bemühung um Ökumene eint oder teilt, vielmehr ist es der eine Gott,

der die verbindende Klammer vom Ursprung bis hin zur Gegenwart bildet. Daher wurde diese Kirche errichtet, ihm zur Ehre bauten die Gläubigen vor einhundert Jahren dieses Haus.
Es wird weiter bestehen. Es wird auch morgen den Menschen Heimat sein. Möge niemals mehr der Tag kommen, an dem die Kirchenglocke Krieg oder Verderben einläuten muß.

Grusswort zur Kirchweih einer Stadtpfarrkirche

Wer kennt sie nicht, die großen Kirchenbauten der Weltgeschichte: die Peterskirche in Rom, Sitz des Heiligen Vaters, den Stephansdom in Wien, die Kathedrale Notre-Dame in Paris oder die Storkyrka in Stockholm.
Auch Deutschland ist reich gesegnet mit stolzen Sakralbauten: der Dom in Köln, die Liebfrauenkirche in München, die Paulskirche in Frankfurt, um nur einige zu nennen.
Natürlich läßt sich unsere ...-Kirche in ... nicht mit diesen einzigartigen Bauwerken auf eine Stufe stellen. Und doch, all die Basiliken, Münster, Kathedralen und Dome haben eines gemeinsam: sie sind Kirchen, Häuser Gottes. Das griechische Ursprungswort »kyriakon« gibt Aufschluß: übersetzt bedeutet es »das zum Herrn gehörige Haus«.
Auch unser Haus hier in ... gehört zum Herrn. Vor genau 250 Jahren wurde es feierlich als Kirche geweiht. Heute nun begehen wir erneut den Tag der »Kirchweih«. Und wie jedes Jahr feiern wir auch diesmal gemeinsam einen Gottesdienst, der zugleich

Auftakt sein wird zu einer bunten Fest- und Familienwoche. Denn Kirche und Feiern schließen sich nicht aus, im Gegenteil, sie gehören in einer lebendigen Gemeinde eng zusammen.
Kirche, das ist heute Synonym für Beständigkeit, für Glaube, Hoffnung und Zuversicht. Und für Freude. Genau diese Freude wollen wir alle haben beim diesjährigen großen Jubiläumsfest zum 250. Weihejahr unserer … -Kirche.

Grusswort für das »Help Center – Zentrum christlicher Lebenshilfe für junge Menschen«

»Im Anfang war das Wort, und das Wort war bei Gott« – so beginnt der Evangelist Johannes seine Aufzeichnung der Heilsbotschaft Jesu Christi. Rund 2 000 Jahre hat diese Überlieferung überdauert; an Faszination hat sie seitdem ebensowenig verloren wie an ihrer Botschaft: Nichts benötigen wir heute mehr als das Wort Gottes!
»Help« ist ein solches Wort. Seine Übersetzung ins Deutsche hat vielfältige Bedeutungen: Hilfe, Nächstenliebe, Caritas. Aber auch Seelsorge, Halt und Orientierung. Sie, die Mitglieder, Freunde und Förderer im »Help center«, haben sich die Aufgabe gestellt, jungen Menschen, die in Not sind, Fürsorge zu leisten.
Ihre Hilfe wird überall in unserer heutigen Gesellschaft benötigt. Viele junge Menschen sind in Bedrängnis und Not, in Abhängigkeiten von Drogen oder Alkohol, in Lebensängsten, in Orientierungslosigkeit, in Verzweiflung.

In dieser Lage gibt das Wort Christi Halt und Zuversicht. Die jungen Menschen müssen an die Botschaft Christi herangeführt, mit ihr bekannt und vertraut gemacht werden. Diese Aufgabe haben die zahlreichen Helferinnen und Helfer im »Help center« übernommen.

Ich danke Ihnen allen für diese tatkräftige Nächstenliebe. Die Kraft einer großen Gemeinschaft zeigt sich auch und gerade im Umgang mit ihren schwächsten Mitgliedern. Junge Menschen in Not gehören dazu. »Alles, was ihr einem von diesen meinen geringsten Brüdern getan habt, das habt ihr mir getan«, verkündet Christus. Das Wort Gottes spendet Trost, verheißt Zuversicht und gibt Dankbarkeit.

Grusswort zur Eröffnung einer Anne-Frank-Ausstellung

Sie hätte am 14. Juni ihren Geburtstag feiern können. Mag sein, daß zu diesem Ehrentag Kinder und Enkel gekommen wären, um ihr zu gratulieren. Und daß Freunde und Bekannte hereingeschaut hätten, um Dank zu sagen für soziales und caritatives Engagement, für ihre Bereitschaft, anderen zu helfen, die in Not sind. Es wäre ein Tag der Freude gewesen. Sie durfte diesen Tag nicht erleben. Anne Frank kam im März 1945 im Konzentrationslager Bergen-Belsen um. Jahrzehnte sind seit Auschwitz und Bergen-Belsen, den Stationen des Grauens und des Todes der Anne Frank und vieler Millionen anderer, vergangen. Krieg, Vertreibung, Verwüstung, Vernichtung, Tod – dies alles liegt nunmehr lange zurück. Vergessen ist es gleichwohl nicht – auch und gerade dank Anne

Frank, die durch ihr Tagebuch uns alle heute noch mahnt, daß von deutschem Boden nie wieder Krieg ausgehen darf, daß wir alle dafür einstehen müssen, daß Völkermord nicht wieder stattfindet, daß der Frieden bewahrt und vorbereitet werden muß.
Die Anne-Frank-Ausstellung trägt dazu bei, aus der Geschichte zu lernen. Sie mahnt uns, die Lebenden, nicht zu vergessen. Und sie fordert uns zugleich auf, daran mitzuarbeiten, daß sich das Grauen nicht wiederholt, daß wir dafür zu sorgen haben, daß unsere Kinder und Enkel in Frieden und Freiheit leben, lieben und lachen können – was Anne Frank nie konnte, weil sie es nicht durfte.
Ernst Schnabel, der den Spuren Anne Franks nachgegangen ist, sagt am Ende seines eindrucksvollen Buches: »Die Spur eines Kindes kam zutage, eine zarte Fährte und der Schatten des schwärzesten Traums.« Und er stellt nach dem Bericht über die Auffindung der Tagebücher, Skizzen und Entwürfe fest: »So blieb diese Stimme bewahrt. Sie überdauerte das Geschrei der Mörder und überflügelte die Stimmen der Zeit.« Ich füge an: Möge Anne Franks Vermächtnis heute und für alle Zukunft Mahnung sein.

Grußwort für eine Behinderten-organisation

Für den Menschen, der ungehindert sehen, hören, riechen oder schmecken kann, ist die Vorstellung, Sprache, Musik, Lärm oder Stille nicht wahrnehmen zu können, kaum vorstellbar. Und doch ist Gehörlosigkeit eine der besonders schweren Behinderungen,

die den Menschen treffen können. Jeden Menschen. Seit ... Jahrzehnten ist der Ortsbund ... für die Gehörlosen und Taubstummen die Betreuungsstelle, wo sie Rat und Hilfe, Verständnis und Betreuung finden.
Dank der jahrzehntelangen Arbeit des Ortsbundes der Gehörlosen werden die Folgen dieser Behinderung – Isolation, Spracharmut, Vereinsamung durch fehlendes öffentliches und kulturelles Leben – gemildert.
Verbunden mit meinem Dank für Ihre seit nunmehr ... Jahren währende, aufopferungsbereite Arbeit darf ich Sie bitten, dies soziale Engagement im Dienste am Nächsten auch in der Zukunft weiterzuführen.

Grusswort für ein Benefizspiel zugunsten eines Behindertenheimes

Unsere Gesellschaft ist nicht homogen. Viele einzelne, unterschiedliche Individuen zusammen ergeben erst »die Gesellschaft«, die Gemeinschaft der Bürgerinnen und Bürger. Der Durchschnitt des Ganzen mag zwar als homogene Größe, als stabiler Mittelwert erscheinen, doch der Vielfalt kann er nicht gerecht werden.
Was will ich damit sagen? Ich möchte ins Bewußtsein rufen, daß es unter uns Menschen starke ebenso gibt wie schwächere und schwache. Letztere sind nicht in der Mehrheit. Norm war und ist der mit »mens sana in corpore sano« beschriebene Mensch.
Wer diese Norm nicht erfüllt, darf aber keineswegs Ausgestoßener sein oder von unserer Gesellschaft zu einem solchen gemacht werden.

Die Kultur eines Volkes zeigt sich auch und gerade im Umgang mit seinen schwächsten Gliedern. Kranke und Behinderte benötigen Hinwendung statt Abkehr, Fürsorge statt Gleichmut, Unterstützung statt Achselzucken.
Ich begrüße es außerordentlich, daß die Bürgerinnen und Bürger unserer Heimat sich der Betreuung behinderter Mitbürgerinnen und Mitbürger aller Altersschichten angenommen haben. Die vielfältigen Aktivitäten sind der beste Beweis für das Engagement. Ein weiteres positives Beispiel wird durch das Benefizspiel zugunsten des …-Heimes gegeben. Uneigennützig und selbstlos stellen sich Sportler und Bürger in den Dienst einer guten Sache. Ich hoffe, daß dieses gute Beispiel Schule macht und viele Nachahmer finden wird. Den Aktiven und der hoffentlich großen Gästeschar wünsche ich viel Vergnügen.

75. Jubiläum einer Kultur- und Museumsgesellschaft

Straßenbauarbeiten. Schweres Gerät ist aufgefahren, um den Boden für die Gründungsarbeiten aufzureißen. Plötzlich stoppt die Baggerschaufel. Deutlich sichtbar sind in der Erde die Überreste einer längst untergegangenen Kultur zu erkennen. Der nur Stunden später durch alle Medien laufende »sensationelle Fund« ist Gesprächsthema bei vielen Bürgern. Tags darauf setzt der Prozeß des Vergessens ein. Nach ein paar Wochen erinnern sich allenfalls noch einige wenige Berufs- und Hobbyarchäologen des freigelegten Schatzes und haben Mühe, wenigstens die wertvollsten Stücke vor der Straßentrasse zu sichern.

Dieser Fall kann sich allerorts und zu jeder Zeit zugetragen haben oder zutragen. Dabei ist es unmaßgeblich, ob er Fiktion oder Realität ist. Ich möchte vielmehr anhand des Beispiels aufzeigen, mit welch atemberaubender Geschwindigkeit heute Geschichte, Tradition und Heimatbewußtsein dem Zeitalter geopfert werden. Es sind nur wenige, die sich der Erforschung und Bewahrung unserer Wurzeln angenommen haben. Ungeheure Begeisterungsfähigkeit oder Liebe, vor allem aber Zeit, sind erforderlich. Die so einfach erscheinende neuhochdeutsche Philosophie von »time is money« wirkt hier als natürliche Selektionsbarriere.

Ich sage dies ohne Bitternis, ohne einen Vorwurf an uns alle. Ich möchte vielmehr das Gegenteil verdeutlichen: Diejenigen, die sich der Geschichtsforschung, der Heimatkunde, der Traditionsbewahrung widmen, verdienen unser aller Dank und Anerkennung, nie jedoch ein mitleidiges Lächeln.

Die Kultur- und Museumsgesellschaft ist eine inzwischen über … Mitglieder zählende Vereinigung, die sich exakt dieser Ziele widmet: Geschichtszeugnisse zu sichern, aufzubereiten und sie einer häufig staunenden Öffentlichkeit zu präsentieren. Unendliche Arbeit haben sich die Mitglieder des heute selbst mit 75 Jahren als Teil der Jahrhundertgeschichte zu begreifenden Verbandes gemacht. Und der Erfolg belohnt ihre Arbeit. Mit dem Stadt- und Kreisgeschichtlichen Museum ist ein Werk entstanden, das, nach weiterer räumlicher Verbesserung, nicht nur lebenswert dokumentativ, sondern einladend lehrreich ist.

Dafür sage ich Dank. Doch ich füge an, daß – im Gegensatz zum im Winde verwehenden Wort – das eindrucksvollste und nachhaltigste Kompliment durch eine beachtlich gewachsene und weiter wachsende Besucherzahl ausgesprochen wird.

Grusswort für einen Museumspädagogischen Führer

Nicht nur einer der bekanntesten, auch einer der ältesten Vögel der Welt ist der Archäopteryx. Fast ebenso alt, jedoch nicht so bekannt, mindestens aber so bedeutsam, ist das Ur-Pferdchen. Beide Tiere leben nicht mehr, ihre Arten sind untergegangen. Und doch kennen wir sie, wissen sehr viel über ihre Lebensumstände, ihre Umwelt und vieles mehr. Möglich ist dies geworden, weil es Versteinerungen beider Tiere gibt. Ihre Funde gingen als »Sensation« durch die Weltpresse. Heute sind sie Prunkstücke von Museen. Es gibt tausende Versteinerungen. Es sind nicht annähernd so berühmte, gleichwohl aber keineswegs unbedeutendere Zeitzeugen vergangener Epochen. Sie alle haben ihre Plätze in Museen, Ausstellungen oder Sammlungen. Dort wissen wir sie gut verwahrt und präpariert.

Aber genügt es, unsere Museen und Sammlungen als »kulturhistorische Asservatenkammern« zu verstehen? Nein! Denn Museen sind ja auch Schulen, Orte des Lernens. In ihnen kann man Geschichte im wahrsten Sinne des Wortes begreifen. An kaum einer anderen Stelle können Kunst, Kultur, Geschichte, Leben und Arbeit früherer Generationen, Völker, Nationen anschaulicher nachvollzogen werden als in Museen und Sammlungen.

Nutzen wir diese kostbaren Angebote. Unterbreiten wir sie den Schülern in ... Ich weiß, daß zunehmend mehr Lehrerinnen und Lehrer mit ihren Klassen Museen besuchen, Ausstellungen nutzen und Sammlungen in den Unterricht einbeziehen. Dieses Engagement verdient Anerkennung, die ich hier ausdrücklich aussprechen möchte. Ich verbinde meinen Dank an die Pädagogen mit der Bitte, heimische wie überregionale Museen und Sammlungen auch weiter-

hin als Lernort zu entdecken und jungen Menschen als Lernangebote zu unterbreiten.
Der museumspädagogische Führer wird Ihnen dabei wichtige Hilfe sein, um das richtige Museum, die richtige Sammlung maßgenau für Ihren Unterricht zu finden. Ich wünsche Ihnen allen viel Erfolg, viel Spaß und neue Freude am »Lernen im Museum«.

10jähriges Bestehen eines Museums

»Wer seine Vergangenheit nicht kennt, wird die Zukunft nicht in den Griff bekommen.« Golo Mann war es, der große Historiker und Publizist, der diese weise Erkenntnis prägte. Er hat recht: Bei allem Voranstreben, bei allem Fortschritt, der auf eine lebenswerte Gestaltung der Zukunft abzielt, darf der Mensch nicht vergessen, wer er ist und woher er kommt. Zukunft steht ebensowenig beziehungslos im Raum wie Gegenwart. Beides lebt auf den Fundamenten, die von unseren Vorfahren gelegt wurden.
Sicherlich, viel Vergangenes wurde verschüttet, vergessen oder verdrängt. Zum Teil wurde es sogar der Mode geopfert. Doch neben dem, was gänzlich untergegangen ist, hat das überdauert, was wir heute in Museen besichtigen, in Ausstellungen erfahren oder in Büchern nachlesen können.
Es hat eine Rückbesinnung stattgefunden. Wäre Golo Mann noch vor Jahren wegen seiner Aussage belächelt worden, hat sie heute grundlegende Bedeutung erhalten: Zunehmend mehr Bürgerinnen und Bürger widmen sich der »Spurensuche«, indem sie Gegenstände, Überlieferungen und Daten ihrer Lebensräume zusammentragen.

Einer solchen lobenswerten Initiative ist es auch zu verdanken, daß das kleine Museum des traditionsreichen Dorfes und heutigen Stadtteils ... sein zehnjähriges Bestehen feiern kann. Tatkräftige Mitglieder der evangelischen Kirchengemeinde hatten sich damals an die große Aufgabe gewagt, ein Heimatmuseum zu gründen, das heute, ein Jahrzehnt später, aus dem kulturellen Leben von ... nicht mehr wegzudenken ist.
Ich beglückwünsche Sie zu Ihrem Museum. Die Kultur eines Volkes zeigt sich auch und gerade im Umgang mit ihrer Tradition und Geschichte. In ... hat beides seinen festen Platz.

60. Jubiläum einer österreichischen Trachtenkapelle

Brauchtum und Heimatliebe sind schützenswerte Güter. Wir leben ja in einer Zeit, die von Gegensätzlichkeiten geprägt ist. Zum einen hat die Elektronik ihren Siegeszug auch in den Haushalten angetreten. Radio, Fernseher, Video und Heimcomputer verkaufen sich in immer höheren Zahlen. Silicon-Chip-gesteuerte, hochmoderne Geräte sorgen dafür, daß wir rund um die Uhr konsumieren und uns berieseln lassen können.
Auf der anderen Seite jedoch hat auch eine Gegenbewegung eingesetzt. Bei vielen Bürgern ist der Sättigungsgrad erreicht und sogar überschritten. »Zurück zur Natur« lautet ein Wahlspruch, dem sich zunehmend mehr Menschen anschließen. Und auf einmal werden sie wiederentdeckt: die Vereine, Verbände und Organisationen, die sich diesem Ideal

verschrieben hatten und haben, die aber während der Technik-Zeit ein eher belächeltes Dasein quasi als Mauerblümchen führten.
Bei uns im Alpenland war der Trend zur Technik nie so kraß wie etwa in den Ballungsgebieten. Hier hatten Vereine, die sich der Brauchtums-, Trachten- und Heimatpflege widmeten, immer Zuspruch. Die … Trachtenkapelle ist ein derartiger Verein, der sich der Wahrung und Förderung guter, gestandener Werte angenommen hat.
Mit viel Erfolg. Nicht allein durch die Erringung zahlreicher Pokale und Siegerurkunden sind die Mitglieder der Kapelle, die auch viele Jugendliche in ihren Reihen hat, bekannt und geschätzt. Es waren die immer hohe Qualität der Darbietungen und die Pflege vor allem der böhmischen Blasmusik, die die … Trachtenkapelle zu einer gerngesehenen Formation werden ließen. Seit sechs Jahrzehnten erfreuen die Musikerinnen und Musiker ihre Mitmenschen.
Ich wünsche der … Trachtenkapelle, daß sie die gute Tugend der Traditions- und Heimatpflege auch in den kommenden Jahrzehnten so erfolgreich wie bisher fortsetzen kann. Für Ihr 60. Jubiläum übermittele ich Ihnen meine herzlichen Grüße.

Rede zur Eröffnung eines Fachgeschäftes für Augenoptik und eines Fachinstituts für Hörakustik

Man muß seine fünf Sinne schon beisammen haben, um wie Sie, Herr … und Herr …, in diesen Tagen ein solch beeindruckendes Doppel-Geschäft zu eröffnen.

Man muß Augen und Ohren aufsperren und die Zeichen der Zeit erkennen. Wir können es uns nicht mehr leisten, auf einem Auge blind zu sein. Auch taub stellen oder auf Durchzug schalten nutzt nichts.
Im Gegenteil: 40 Jahre lang wurde im östlichen Teil Deutschlands zum Beispiel das Leben durch die ideologische Brille betrachtet und folglich auch so gestaltet. Mit dem Ergebnis, daß viele Leute weggesehen oder weggehört haben.
Natürlich leiten sich davon nicht jene Augen- oder Ohrenschäden ab, die Sie hier erfolgreich abstellen wollen.
Hier bekommen die Bürgerinnen und Bürger Brillen, die zu ihren Ohren passen. Und hier bekommen sie Hörgeräte, die man kaum noch sieht. Nur ein Schelm kann hierbei an Dr. Eisenbart oder an Iwan Krylows »Affen« denken.
Nein: Herr ... ist verantwortlich für echte Gesichtspunkte. Und Herr ... pflanzt den Knopf ins Ohr.
In diesem Fachgeschäft für Augenoptik und Hörakustik endet auch die alte Überlieferung von der Oma, die, weil sie schon schlecht sieht, auch nichts mehr hört.
Es ist eine falsche Annahme, nur ältere Menschen seien von Augen- oder Hörschäden betroffen. Im Gegenteil: zunehmend mehr junge Menschen laufen wie blind durch die Gegend. Und zuhören tun sie auch nicht – schon gar nicht uns Älteren. Kein Wunder, sie sind Disco-geschädigt; die Phonzahlen dort machen den ganzen Körper zum Trommelfell.
Sie sehen also, Ihr Doppel-Unternehmen kommt gerade recht; es wartet unendlich viel Arbeit auf Sie.
Ich beglückwünsche Sie zur Geschäftseröffnung. Es ist ein mutiger Schritt, und ich wünsche Ihnen viel Erfolg für die Zukunft. Schärfen Sie den Blick der Leute, und sorgen Sie dafür, daß Ihre Kunden auch die leisen und die Zwischentöne hören.

Die Zeit der Närrinnen und Narrhallesen rückt wieder näher. Karneval bricht am 11.11. um 11 Uhr 11 über uns herein. Da gilt es, sich schon jetzt mit genügend Ulk, Schalk und Narretei zu wappnen. Schließlich kommt von Nichts nicht einmal der kleinste Lacher, geschweige denn Beifall. Den jedoch zu erhaschen, ziehen die Eulenspiegel und Münchhausen alljährlich aus.
Allein, was wären die besten Nachkommen der Bürger von Schilda, umkränzten sie nicht die feschen Funkenmariechen, die schmissig mit den langen schlanken Beinchen ihre kurzen Röcke hochwirbeln ließen. So manchem Narren geht da der Hut hoch, wenn hehre Jungfernscharen pfiffig uniformiert die Bretter, die die vergängliche Welt der Narretei bedeuten, betreten.
Vergessen sind dann all die Mühen und Plagen, die nötig waren, den exakten Schritt zu lernen, im rechten Moment mit der Hüfte zu wackeln und dabei noch zu lächeln. Die Plackerei hat sich gelohnt, wenn hunderte Hände Lob und Anerkennung zollen, selbst wenn es Narrenhände sind.
Spannend wird es dann im Turniervergleich, wenn sach- und fachkundige Tanzgardegewaltige die Elle anlegen und schwergewichtig die leichten Schritte bemessen. … Vereine haben ihre Tanzmariechen, Tanzpaare und Tanzgarden für das Gardetanzturnier gemeldet. Sicherlich wird die Entscheidung über die Plätze für die einen die Elle etwas länger, für die anderen etwas kürzer werden lassen. Den ersten sei es Lob genug, den anderen sei es Freude, mitgemacht zu haben. Allen zusammen bleibt, daß sie ein gutes Stück gute Laune vermitteln – und sei es für Narren.
Ich jedenfalls freue mich immer wieder über jeden ranken Schritt schlanker Funkenmariechen.

Grusswort zum 428. Heiratsmarkt zu Pfingsten

Wo ein Markt ist, da pulsiert das Leben, da treffen sich Menschen, um miteinander zu reden, Handel zu treiben, Dienstleistungen zu verrichten, Gemeinschaft zu erleben. Ein Markt gibt Chancen.

Ein Heiratsmarkt leistet noch etwas mehr. Er führt nicht nur Menschen zusammen, bisweilen verbindet er sie miteinander. Bestes Beispiel ist das Brautpaar, das heute den »Bund fürs Leben« eingegangen ist.

Wir wünschen ihnen viel Glück und Gottes Segen, vor allem aber viel Geduld miteinander auf ihrem hoffentlich langen gemeinsamen Weg in die Zukunft.

Heiraten war früher etwas schwieriger als heute. Die Dörfer waren weit verstreut, schnelle Verbindungen gab es nicht. Es herrschte ein Mangel an Gelegenheiten, um intensiv auf Partnersuche gehen zu können. Da kam der Heiratsmarkt in … gerade recht.

Er führte die Menschen aus dem weiten Umkreis zusammen und sorgte dafür, daß sich junge Männer und Frauen kennenlernen konnten. Manch junger Bursche war auf dem Heiratsmarkt der »Hahn im Korb«, während viele andere einen Korb bekommen haben. Und wie vielen Hörner aufgesetzt wurden, ist nicht verbrieft. Ganz zu schweigen von den »Pfingstochsen«.

Sie sehen, verehrte Gäste, um den hiesigen Heiratsmarkt ranken sich allerlei Begriffe, die unserer Phantasie freien Raum lassen. Und genau das ist es, was diese traditionsreiche Veranstaltung auch heute noch so attraktiv macht, daß sie Menschen von weitem Umkreis anlockt, die hier vergnügt sein und Vergnügen haben möchten. An Pfingsten in … zum Heiratsmarkt, dies ist im Kalender vieler Bürgerinnen und Bürger zwischenzeitlich ein fester Termin, den sie auf jeden Fall wahrnehmen.

Die jahrhundertealte Tradition nutzt ... als Chance, um Menschen zur Begegnung und zur Gemeinschaft einzuladen. Ich bin sicher, sie werden kommen; und ich bin ebenso sicher, daß der Heiratsmarkt auch in Zukunft zu einem solch erfreulichen Ereignis wie der heutigen Hochzeit beitragen wird.

Grusswort für eine Märchenwoche

»Märchen, noch so wunderbar, Dichterkünste machen's wahr«. Kein Geringerer als Johann Wolfgang von Goethe wählte diesen Satz als Motto zu seinen Balladen.

Wie wahr! Märchen sind wunderbar. Wie gerne haben wir sie als Kinder gehört, wenn Mutter oder Großmutter sie uns allabendlich am Bett erzählten. Und wie gerne erzählen wir sie heute, selbst Mutter, Vater oder Großeltern, unseren eigenen Kindern und Enkeln – und erinnern uns dabei: Genau, dies Märchen habe ich schon als Kind gehört! Märchen – nur für Kinder? Keineswegs! Gotthold Ephraim Lessing läßt seinen Nathan den Weisen im gleichnamigen Werk ausrufen: »Nicht die Kinder bloß speist man mit Märchen ab«. So und nicht anders muß es auch sein. War es nicht eine erwachsene Frau, Scheherezade, die Erwachsenen Märchen aus Tausendundeiner Nacht erzählte? Hans Christian Andersen verdanken wir eine in raffiniert-naivem Stil erschaffene Märchenwelt für Erwachsene. Unbestritten auch der unschätzbare Einfluß der Brüder Grimm und ihrer großen Werke »Kinder- und Hausmärchen« sowie »Deutsche Sagen« auf Dichtung und die bildenden Künste, auf Bildung und Erziehung.

Märchen, Sagen, Mythen, Erzählungen haben die Jahrhunderte überdauert. Und sie werden weiter leben. Auch und gerade dank der unermüdlichen Arbeit von Vereinen wie dem Märchenkreis. Wenn Sie in diesen Tagen zum ... Male Ihre Märchenwoche abhalten und Menschen aus unserer Heimat und aus aller Welt nach ... kommen, um Vortrag, Lesung oder Spiel zu erleben und zu genießen, so zeigt dies, daß die Faszination des Märchens ungebrochen ist, mehr noch, daß das Märchen in unserer modernen Welt eine Renaissance erlebt.
Ich wünsche dem Märchenkreis viel Erfolg. Um es mit einem Wort des großen Dichters und Romantikers Ludwig Tieck auszudrücken, rufe ich Ihnen zu: »Mondbeglänzte Zaubernacht, die den Sinn gefangenhält, wundervolle Märchenwelt, steig auf in der alten Pracht.«

Grusswort für Theatertage

Novalis, der eigentlich den Namen Friedrich Freiherr von Hardenberg trug, unter seinem Pseudonym aber ein bekannter deutscher Dichter wurde, hatte recht, als er einmal bemerkte: »Das Theater ist die tätige Reflexion des Menschen über sich selbst.« Was anderes unternehmen Sie, die Teilnehmerinnen und Teilnehmer der Theatertage für Jugendliche und junge Erwachsene in der Volkshochschule? Sie wollen in Werkstätten praktisch Theater erarbeiten, sich also mit Stücken beschäftigen, auseinandersetzen und diejenigen Menschen-Rollen reflektieren, die Sie in beispielgebenden Theaterstücken anschließend öffentlich präsentieren.

Theater verbindet. Es eint nicht nur die Akteure auf der Bühne oder hinter den Kulissen. Es führt auch Menschen zusammen, die Interesse an der darstellenden Kunst haben und sie genießen wollen. So kommen Gruppen zusammen, die im Gespräch und in der gemeinsamen Arbeit Kontakte knüpfen, Informationen austauschen und Gemeinschaft erleben. Daß an diesem Theatertreffen zudem Akteure und Zuschauer aus anderen Ländern teilnehmen können, ist eine besondere Freude für alle Beteiligten.
Ich wünsche Ihnen allen Erbauung an der Kunst ebenso wie Erlebnis bei der Begegnung. Es ist nicht bedeutsam, daß »die Nachwelt dem Mimen keine Kränze flicht«, wie Schiller im Prolog zu »Wallensteins Lager« feststellt, sondern vielmehr, daß Kunst praktiziert wird, daß Theater lebt und Menschen zusammenführt. Akteure wie Zuschauer sollen Freude haben – ich bin sicher, das werden die Theatertage leisten.

10jähriges Bestehen einer Theater-AG

Blicken wir einmal gemeinsam in die Schatztruhe einer Ana, einer Zitatensammlung. Wir finden den Beginn der Aphorismen des Hippokrates, die da lauten: vita brevis, ars longa, occasio praeceps, experientia fallax, iudicium difficile – auf deutsch: das Leben ist kurz, die Kunst lang, die Gelegenheit flüchtig, die Erfahrung trügerisch, das Urteil schwierig.
Wie wahr!
Goethe hat den Aphorismen-Einstieg im »Faust« in der ihm eigenen Verkürzungskunst eingebaut, indem er schrieb: »Die Kunst ist lang, das Leben kurz.«

Wie trefflich!
Analytisch betrachtet, umschreiben beide korrespondierenden Zitate diejenigen Schwierigkeiten, die Künstler, Kritiker, Außenstehende haben, wenn sie Zugang zu einem Stück suchen, gleich welchen Zeitgeistes. Wie unendlich schwierig gestaltet sich ein Urteil, wie verklärt-getrübt ist der Blick im Rückblick auf früher Erlebtes, wie rasch verflogen sind die Stunden des Genusses, und wie lange haben Werke überdauert, wie vielen Generationen wurden sie weitergegeben?
Den Großen war und ist Wiederentdeckung gewiß. Die Werke leben. Es ist begeisternd, miterleben zu können, wie junge Menschen den Einstieg zu den alten Meistern nehmen und ihn erfolgreich finden. Die Theater-AG der ... Schule hat nicht aus heitrem Himmel Erfolg. Selbst unter ausgebufften Theater-Profis und Aufführungs-Kritikern genießen diese Interpretationen einen exzellenten Ruf.
Um beim Zitat zu bleiben, noch einiges zum höheren Lob der AG: »Wenn Sie eine Kunst haben wollen, so haben Sie eine«, so Richard Wagner zur Götterdämmerung. Und wie wahr wird für die Akteure Schillers Prolog zu »Wallensteins Lager«: »Ernst ist das Leben, heiter ist die Kunst.« Zurück zu Goethe und seinen Worten, als Epilog nebst Ausrufezeichen den jungen Künstlern mitgegeben: »Bilde, Künstler, rede nicht!«

Ballett ist Tanz in höchster Vollendung. Ballett läßt träumen: vom »sterbenden Schwan«, von der »Nußknackersuite«, von »Lysistrata«, vom »Bolschoi-Theater« in Moskau. Große Namen sind mit dem Ballett verbunden: Béla Bartók, Maurice Ravel, Igor Strawinski, Nikolaj Rimskij-Korssakow, Peter Iljitsch Tschaikowskij, um nur einige der bekanntesten Komponisten zu nennen. Ihnen verdankt die Welt großartige Werke, die, von begnadeten Tänzerinnen und Tänzern dargestellt und in atemberaubende Choreographien getaucht, die Zuschauer den Atem anhalten lassen.

Doch vor derartige Erfolge haben die (Ballett-)Götter harte Prüfungen und Anstrengungen gesetzt. Wer ahnt schon, welch unglaublich konzentrierte Arbeit und Disziplin erforderlich ist, um auch nur annähernd die Größe eines Nurejew zu erreichen. Ballett benötigt Übung, Übung und nochmals Übung.

Ballettschulen sind die Orte, in denen junge Menschen aus den »Schwanensee-Träumen« herunter auf die harten Bretter der Realität geholt werden. Bewegung braucht Gefühl, das es zu erwerben gilt, Grazie braucht Training, Tanz erfordert Kondition – all dies und mehr wird jungen Menschen vermittelt, die in die hohe Schule des Balletts eintreten. Es sind Tugenden, die auch im täglichen Leben Bedeutung haben: aufrechter Gang, Durchhaltevermögen, Konzentration auf das Wesentliche, Selbstbeherrschung und Selbstdisziplin.

Die Ballettschule … hat sich der Vermittlung dieser Werte seit 20 Jahren verschrieben. Seitdem bietet sie jungen Menschen das Erlebnis von Gemeinschaft mit anderen. Sie ist somit auch eine »Schule fürs Leben«, von denen junge Menschen nicht genug besuchen können.

»Kultur« nennen wir das, was den Umgang der Menschen untereinander ausmacht. Kultur gibt es in den vielfältigsten Ausprägungen: Eßkultur, Trinkkultur, Sprachkultur, Streitkultur, Literatur, Kunst, Musik – und auch der Tanz.

Tanzen ist eine besonders schöne kulturelle Errungenschaft. Ob klassisch oder modern, ob gediegen oder ausgeflippt – Tanz ist immer Ausdruck von Emotion, von Gefühl und Empfindung. Seit jeher bewegen sich Menschen im Rhythmus von Musik und geben so ihrer Freude und guten Laune Ausdruck. Ob Volksfest oder Familienfeier – ohne Musik und Tanz fehlt jeder festlichen Veranstaltung der passende Rahmen.

Ganz anders und doch vergleichbar ist der Ball. Jenes Vergnügen also, das uns seit dem 14. Jahrhundert überliefert ist und das besonders in Mitteleuropa auf eine stolze Tradition verweisen kann. Allein der Wiener Opernball als das gesellschaftliche Ereignis in Österreich schlechthin steht für dieses schöne, überlieferte Brauchtum.

Mit dem Opernball ist der heutige Ball natürlich nicht zu vergleichen. Gleichwohl sollte versucht werden, ein wenig von der Atmosphäre dieser prunkvollen Wiener Veranstaltung einzufangen. Eine phantasievolle Dekoration, festliche Roben, Kerzenschein, erlesene Getränke – das Ambiente für den heutigen Ball ist bereits gelungen. Ein netter Plausch wird sich ergeben, ebenso wie sich ausgelassene Stimmung einstellen wird. Und es bleibt die hoffnungsvolle Erwartung, daß alle Gäste am Ende einer langen und fröhlichen Ballnacht sagen werden: »Es war wieder großartig!«

Weit, sehr weit zurück muß man in den Annalen der Schachgeschichte blättern, um zum ersten und einzigen deutschen Weltmeister des »Spiels der Könige« zu gelangen. Es war Emanuel Lasker, der von 1894 bis 1921 die »Schach-Krone« trug. Seitdem hat sie 14mal gewechselt – und doch, seit dem Ende des Zweiten Weltkrieges ist sie weitgehend im Besitz eines Landes geblieben: der ehemaligen UdSSR. Mit einer einzigen Ausnahme stellte die Sowjetunion von 1948 an die Weltmeister im Schach.

Viele kennen die Namen der ganz Großen am Brett: Boris Spasskij, Anatolij Karpow oder Garri Kasparow. Einzig Robert, genannt »Bobby« Fischer, jenem legendären Schach-Genie aus den USA, gelang es, von 1972 bis 1975 in die Phalanx der Sowjets einzubrechen.

Das muß nicht so bleiben. Ich bin sicher, auch in Deutschland, Österreich und anderswo gibt es kommende Karpows, Fischers oder Kasparows. Die Talente müssen nur entdeckt, gefördert, gefordert und konsequent an die Spitzenleistungen herangeführt werden. Und damit bin ich bei der Arbeit und der Aufgabe des ... Schachverbandes angelangt. Seine Mitglieder widmen sich der Talentsuche und Talentförderung insbesondere Jugendlicher. Nichts liegt näher, als diese Arbeit in den Schulen des Landes zu beginnen, dort, wo junge Menschen an Bildung und Wissen herangeführt werden.

Ich begrüße die Initiative des ... Schachverbandes und hoffe, daß das Bemühen Erfolg haben wird. Schach als eine der schönsten und anspruchsvollsten Denksportaufgaben ist eine permanente Herausforderung an den Intellekt. Die ... Schülerinnen und Schüler sollten sich dieser Herausforderung stellen. Es lohnt sich!

GRUSSWORT ZUM SCHULSCHACH-BUNDESFINALE

»Das Schachspiel überragt alle anderen Spiele so sehr wie der Chimborazo einen Misthaufen.« Es ist ein recht deftiger Vergleich, den der große Philosoph Arthur Schopenhauer wählte, um die herausgehobene Stellung des »Spiels der Könige« zu erläutern.
Hinkt der Vergleich? Hier der 6 310 Meter hohe, frei stehende Vulkankegel in den ecuadorianischen Kordilleren – dort der Kehricht aus dem Stall. Welche Bedeutung ist dem beizumessen?
Schopenhauer wollte vermutlich zum Ausdruck bringen, daß das Schachspiel hohe Anforderungen stellt, daß der Weg zum Gipfel weit und beschwerlich ist und daß Schach eben jenseits der Gewöhnlichkeit seinen Platz hat.
In der Tat: Schach, als Spiel oder als Sport betrieben, stellt an diejenigen, die sich Brett und Figuren widmen, besondere Herausforderungen. Schach ist eine der schönsten und anspruchsvollsten Denksportaufgaben und damit eine permanente Leistungsaufforderung an den Intellekt.
Ich freue mich, daß sich eine zunehmend größer werdende Zahl von Schülerinnen und Schülern diesen Ansprüchen stellt. Die besten von ihnen werden beim Schulschach-Bundesfinale ihr Können unter Beweis stellen. Daß nur einer gewinnen kann, liegt in der Logik eines jeden Wettkampfes. Doch ob Sieger oder Plazierter: Allein das Erreichen dieses Finales beweist, daß alle Teilnehmer ihre Figuren – vom Bauern bis zum König – überlegt zu ziehen wissen.
Dieser Schulschach-Bundeswettkampf wird sicherlich allen Beteiligten viel Freude bereiten. Betrachten Sie alle es als Ansporn, weiter voranzukommen, sich weiter zu trainieren und in noch größere Höhen aufzusteigen.

»Über den Wolken muß die Freiheit wohl grenzenlos sein« – ein bekannter Song eines deutschen Liedermachers. Er hat recht, über den Wolken verschwimmen die Grenzen, wird Freiheit erlebbar.
Die Probleme beginnen und enden auf dem Boden. Ich meine: Kritik und Widerspruch bei dringend erforderlichen baulichen Anlagen. Sie sind zwingende Voraussetzung für das Erreichen und Verlassen der Freiheit über den Wolken.
Weil nur relativ wenige den Luftkorridor betreten können oder wollen, ist technisch das Miteinander in der Luft bestens geregelt. Auf dem Boden sieht dies ganz anders aus. Jedermann kann sich dort nach Belieben tummeln. Daraus resultieren die Schwierigkeiten, die bei Anlage und Betrieb oder Neueinrichtung von Startbahnen, Hangars, Tower und anderen Einrichtungen auftreten. Die Masse widerstreitender, konkurrierender und korrespondierender Interessen macht ihren Ausgleich so ungemein schwierig.
Wenn ich dennoch guter Dinge bin, was die Durchsetzung vieler Ansichten und Wünsche der Flieger betrifft, dann deshalb, weil ich weiß, daß Kompromisse möglich und Lösungswege gangbar sind. Weil ich niemanden kenne, der an der Wiege des Segelfluges auch seine Bahre stehen sehen möchte, bin ich optimistisch, daß die Gesellschaft ihrer Aufgabe, die Erreichbarkeit der Wolken zu garantieren, auch in Zukunft wird gerecht werden können. Nicht grenzenlos, aber vernünftig. Dafür wollen wir weiterhin streiten.

»Nur Fliegen ist schöner« – diese Formulierung wählt der Volksmund, wenn er versucht, einen Hochgenuß vergleichend zu beschreiben. Fliegen ist also Apotheose des Vergnügens. Recht so. Der alte Traum der Menschheit rankt sich um diesen Sport. Und weil dies so ist, können wir auf den Flugplätzen oft große Menschenmengen registrieren, die anstehen, um zuzuschauen oder einzusteigen.
König der Flieger jedoch ist der Pilot des Segelflugzeuges. Ist die Schwierigkeit des Starts erst einmal überwunden, und sichern die Winde den raumgreifenden Aufstieg, dann nähert sich das Glück der Vollkommenheit. Fast schwere- und lautlos, mit der Eleganz eines Adlers, gleitet der Segler durch die Lüfte. Fernab aller Probleme am Boden.
Gerade die Alpen machen unser Land Österreich zu einem Paradies für Segelflieger. So sind das Wiener Becken mit dem nahegelegenen Rax-Schneeberg-Gebiet oder das Tiroler Inntal Magnete für passionierte Piloten. Die thermischen Bedingungen an den Steilhängen der Bergmassive sind – insbesondere im Sommer – meist ideal und laden zu ausgedehnten Flügen über die reizvolle Gebirgslandschaft ein. Aus dieser Vogelperspektive, aus der Plexiglaskuppel des Seglers eröffnet sich dem Piloten ein begeisternder Blick. Die gewaltigen Ausmaße der Alpen gewinnen von oben noch größere Dimensionen, laufen im Horizont noch weiter aus. Es ist eine Landschaft, die einen Zauber ausübt, ja, die sogar verzaubern kann.
Unsere Aufgabe ist es, den Segelflugsport zu fördern. Die Schönheit der Landschaft und die Anmut des Dahingleitens erleichtern diesen Auftrag. Es möge uns daher auch weiterhin gelingen, einer wachsenden Zahl von Menschen zu vermitteln, daß der größte Zauber der Alpen, in der Welt der Segler liegt.

Grusswort zum Sportturnier von Finanzverwaltungen

»Kennen Sie den Unterschied zwischen einem Beamten und einem Stück Holz? Holz arbeitet!« – Ja, der Volksmund ist ein Schandmaul, wenn es darum geht, Mitarbeiter des öffentlichen Dienstes durch den Kakao zu ziehen. Beamtenwitze sind in jeder illustren Runde eine Garantie für Lacherfolge.

Tragen wir es mit Fassung. Halten wir uns an die Volksweisheit, daß derjenige, über den man kräftig lachen kann, auch geliebt wird. Wir, die Beschäftigten in den verschiedensten Ebenen des öffentlichen Dienstes, leben in der Gewißheit, daß wir allemal besser sind als unser Ruf. Wenn wir ehrlich sind, dann wissen wir, daß dies auch nicht allzu schwer sein kann. Immerhin sagt das Volk uns nach, wir würden im Zweifel nichts tun – höchstens, daß wir für den Vorgang zwei Durchschläge produzierten.

Dabei beweisen auch Beamte – und als solche werden selbst Arbeiter im öffentlichen Dienst bezeichnet –, daß sie auch etwas anderes können, als Akten zu ordnen, Anträge zu verteilen und die Leute herumzuschicken. In beinahe jeder größeren Behörde gibt es zwischenzeitlich Betriebssportgruppen. Männer und Frauen haben sich zusammengefunden, um einen Ausgleich zu ihren »Schreibtischtaten« zu finden. Und im Sport sind »die Beamten« beinahe genauso gut wie in ihrer täglichen Arbeit.

Auf vielen Ebenen erringen diese Sportgruppen von öffentlich Bediensteten große Erfolge. Ich verweise nur auf den Postsportverein Blau-Gelb oder auf die guten Resultate der Betriebssportgruppe Fußball meines eigenen Landratsamtes. Herausragend waren natürlich auch die Ergebnisse der Sportgruppe des Finanzamtes, so etwa die Meisterschaft im Fußball oder die Vizemeisterschaft im Tennis.

Ich wünsche den »Finanz-Sportlern«, daß sie auch bei den … Titelkämpfen erfolgreich abschneiden. Sie, deren Behörde sich besonders ätzender Kritik durch den Volksmund ausgesetzt sieht, was sich etwa in der Schreibweise »Pfuinanzamt« widerspiegelt, sollten sich durch keinen Gegner aus der Ruhe bringen lassen und – wie im Dienst – auch heute wieder gute Ergebnisse einfahren. Dazu wünsche ich Ihnen viel Erfolg und das nötige Quentchen Gelassenheit.

Grusswort zum Fussballturnier von Landratsämtern und Kreisverwaltungen

Wenn der Volksmund über Verwaltungen oder Behörden witzelt, tauchen Begriffe auf wie »Büroschlaf« oder »Holz arbeitet durch«. Da wiehert der Amtsschimmel, denn daß der öffentlich Bedienstete ganz anders ist als sein Ruf, das beweist er Tag für Tag. Und am Samstag sogar ganz besonders, wenn … Fußballmannschaften von … Kreisverwaltungen im Sportpark … zum Wettkampf einlaufen.
Da wird der Rasen zur Beamtenlaufbahn, und dem Ball geht es wie den Akten: Er wird solange von den Bediensteten hin und her geschoben, bis ein Mutiger seinen Kopf hinhält und den Vorgang zum glücklichen Abschluß bringt.
Im vergangenen Jahr siegte die Mannschaft des … Landratsamtes. Möge auch in diesem Turnier demjenigen Team der Erfolg beschieden sein, das ohne großen Verwaltungsaufwand fristgerecht Volltreffer einzubringen vermag.

Die Landwirte in ... haben es doppelt schwer: Zum einen schlägt ihnen aus Europa der Wind ins Gesicht. Trotz der umfangreichen nationalen Hilfen haben sie mit den Brüsseler Beschlüssen zu kämpfen. Zum zweiten stellt die Natur in unserem Landkreis den Bauern vor besondere Probleme. Zum Teil muß er seinen Lebensunterhalt auf kargen Böden und in rauhen Lagen erwirtschaften – und zusätzlich noch Überschüsse erzielen, damit die Bürger satt werden von gutem Brot und würzigem Fleisch.
Unsere Landwirte in ... brauchen daher das beste Vieh. Nur Spitzenqualität kann auf Dauer das Überleben unserer Landwirte garantieren. Die Bauern haben dies schon vor langer Zeit erkannt und größte Anstrengungen unternommen, um züchterisch hochwertige Tiere zu erhalten.
Diese Bemühungen, an denen viele beteiligt waren und sind, haben zwischenzeitlich Erfolge gebracht. Vieh aus ... genießt weit über ... hinaus einen guten Ruf. Wurst und Fleisch sind in weiten Teilen unseres Landes bekannt und bedeuten auch dort mehr Lebensqualität.
Der Landkreis ... hat die Bemühungen seiner Bauern um das beste Vieh immer unterstützt. Unserer Landwirtschaft steht im Kreishaushalt Jahr für Jahr Geld zur Verfügung, um weitere Anstrengungen finanzieren zu können. Wenn die Landwirte nun zu einer Tierschau des Landkreises einladen, dann können sie mit Stolz das bisher Erreichte präsentieren. Leistung braucht nicht das Licht der Öffentlichkeit zu scheuen. Daher hoffe ich, daß die Bevölkerung unseres Kreises, die von den züchterischen Hochleistungen unserer Bauern ja in erster Linie profitiert, diese Kreis-Tierschau begeistert annimmt. Unsere Landwirte haben Dank und Anerkennung verdient.

50. Jubiläum einer landwirtschaftlichen Vieh- und Fleischvermarktung

Viele der älteren unserer Mitbürger können sich noch an die Zeiten erinnern, in denen auch bei uns im Lande vor Lebensmittelläden, Bäckereien und Metzgereien Hunderte von frierenden Menschen standen in der Hoffnung, etwas Eßbares erwerben zu können. So unglaublich es für viele der Jüngeren heute klingen mag, es gab auch bei uns einmal Zeiten großer Not, in denen es im wahrsten Sinne des Wortes »um die Wurst ging«. Die Versorgung der Bevölkerung mit ausreichend Brot und Fleisch zu bezahlbaren Preisen war keineswegs immer in dem gewünschten Ausmaß möglich, wie dies heute der Fall ist. Wir alle haben uns daran gewöhnt, jederzeit die Erfüllung unserer kulinarischen Wünsche erreichen zu können. Die wenigsten von uns machen sich aber Gedanken darüber, welch enormer Aufwand erforderlich ist, bis wir am Wochenende das Schnitzel in der Pfanne, das Steak auf dem Grill oder den Braten im Ofen haben. Nur die moderne Landwirtschaft mit ihren Spitzenerzeugnissen ist in der Lage, dieses reichhaltige Angebot in unsren Läden zu garantieren. Unsere Landwirte leisten Erstaunliches in der Produktion von Schlacht- und Nutzvieh. Sie können dies, weil sie sich in den vergangenen Jahrzehnten eine eigene Organisationsform gegeben haben. Landwirte bildeten und bilden Genossenschaften. Sie schlossen sich freiwillig zusammen in der Erkenntnis, daß Gemeinsamkeit stark macht. Dieser Gedanke war der entscheidende Schritt in die richtige Richtung. Vor fünf Jahrzehnten gingen auch Landwirte im Raum ... daran, ihre Vieh- und Fleischvermarktung genossenschaftlich zu organisieren. Ein halbes Jahrhundert später kann ihre Organisation auf einen Jahresumsatz von ... Millionen Mark verweisen. Eine stolze Bilanz, die sicherlich die weit über ... Mitglieder der landwirtschaftlichen Vieh- und Fleischvermarktung ... mit Genugtuung erfüllt. Die Genossenschaft als Bindeglied zwischen dem Erzeuger landwirtschaftlicher Produkte und dem Verbraucher hat sich bewährt. Auch wenn die Arbeit der landwirtschaftlichen Vereinigung nicht im Rampenlicht des Interesses steht, ist sie doch wesentlicher Faktor in der reibungslosen Versorgung der Bürger. Sie trägt dazu bei, daß das Bild der wartenden Menschenschlangen vor einem beinahe leeren Metzgerladen der Vergangenheit angehört. Ich wünsche, daß die Arbeit Ihrer Genossenschaft dazu beitragen möge, diese Bilder auch in Zukunft der Historie angehören zu lassen.

ZITATE FÜR AUSSERGEWÖHNLICHE FÄLLE

1. Ämter
2. Caritas
3. Fliegen
4. Heimat
5. Kultur
6. Landwirtschaft
7. Leben
8. Märchen
9. Medizin
10. Menschen
11. Nächstenliebe
12. Natur
13. Religion
14. Schach
15. Theater
16. Verwaltung

1. Ämter

»Ich hab' hier bloß ein Amt und keine Meinung.«

Friedrich Schiller, »Wallensteins Tod«

»Der Bürokrat tut seine Pflicht von neun bis eins. Mehr tut er nicht.«

Carl Zeller, österr. Komponist

»Wem Gott ein Amt gibt, dem gibt er auch Verstand.«

Sprichwort

»Wer als ein Fuchs ein Amt erschleicht, der wird es als ein Wolf verwalten.«

Karl F. Kretschmann

»Dem Gewissenhaften ist das Amt mehr Bürde als Würde.«

Talmud, nachbibl. Hauptwerk des Judentums

»Ich weiß den Mann von seinem Amt zu unterscheiden.«

Friedrich Schiller, »Wallenstein«

»Nichts wird so oft unwiederbringlich versäumt wie eine Gelegenheit, die sich täglich bietet.«

Marie von Ebner-Eschenbach, österr. Schriftstellerin

»Ein Tropfen Hilfe ist besser als ein Ozean voll Sympathie.«

Verfasser unbekannt

»Es ist so schön, für andere zu leben.«

Franz Grillparzer, österr. Dichter

»Die Güte, die nicht grenzenlos ist, verdient den Namen nicht.«

Marie von Ebner-Eschenbach, österr. Schriftstellerin

»Der Himmel verhüte, daß wir gegen die Nöte unserer Mitmenschen gleichgültig werden.«

Henry Ford, amerik. Industrieller

»Wie dem Geiste nichts zu groß ist, so ist der Güte nichts zu klein.«

Jean Paul, dt. Schriftsteller

»Sind wir ein Spiel von jedem Druck der Luft?«

Johann Wolfgang von Goethe, »Faust I«

»Beim Fliegen muß man die Lage richtig einschätzen, schnell reagieren und entschlossen handeln – keine schlechte Vorübung für die Politik.«

Rajiv Gandhi, ind. Politiker

»Fliege nicht eher, als bis dir Federn gewachsen sind" (tue nichts ohne Vorbereitung).

Sprichwort

»Denn einer ist, der dieses Fallen unendlich sanft in seinen Händen hält.«

Rainer Maria Rilke, österr. Dichter

»Heimat, die glücklichere Stufe des Daseins.«

Alexander Mitscherlich, dt. Arzt und Psychologe

»Nicht da ist man daheim, wo man seinen Wohnsitz hat, sondern wo man verstanden wird.«

Christian Morgenstern, dt. Dichter

»Ohne Heimat sein heißt leiden.«

Feodor Michailowitsch Dostojewski, russ. Dichter

»Heimat ist der Mensch, dessen Wesen wir erreichen und vernehmen.«

Max Frisch, schweiz. Schriftsteller

»In der Fremde erfährt man, was die Heimat wert ist.«

Ernst Wiechert, dt. Schriftsteller

5. Kultur

»Das Verhängnis unserer Kultur ist, daß sie sich materiell viel stärker entwickelt hat als geistig.«

Albert Schweitzer, elsäss. Arzt und Kulturphilosoph

»Kultur ist die Gesamtheit aller Formen der Kunst, der Liebe und des Denkens, die, im Verlaufe von Jahrtausenden, dem Menschen erlaubt haben, weniger Sklave zu sein.«

André Malraux, franz. Schriftsteller und Politiker

»Eine Kultur ist das Treibhaus, das es den menschlichen Fähigkeiten erlaubt, sich zu entwickeln, und zugleich das Gefängnis, das sie einengt.«

Aldous Huxley, engl. Schriftsteller

»Eros und Ananke sind die Eltern der menschlichen Kultur geworden.«

Sigmund Freud, österr. Psychiater und Neurologe

»Wenn ein Jahr nicht leer verlaufen soll, muß man beizeiten anfangen.«

Johann Wolfgang von Goethe an Karl von Knebel

»Nichts ist mühsam, was man willig tut.«

Thomas Jefferson, amerik. Präsident

»Sind auch schwarz des Bauern Hände, Weißbrot ißt er bis ans Ende.«

Aus Jugoslawien

»Denn wäre nicht der Bauer, dann hättest du kein Brot.«

Adelbert von Chamisso, dt. Dichter und Naturforscher

»Des Bauern Handschlag, edler Herr, ist auch/Ein Manneswort!«

Friedrich Schiller, »Wilhelm Tell«

»Unser ganzes Leben ist Gottesdienst.«

Novalis, dt. Dichter

»Solange man lebt, ist nichts endgültig.«

José Ortega y Gasset, span. Philosoph

»Ist Leben doch des Lebens höchstes Gut.«

Friedrich Schiller, »Maria Stuart«

»Leben ist das Einatmen der Zukunft.«

Pierre Leroux, franz. Philosoph

»Wenn man das Dasein als eine Aufgabe betrachtet, dann vermag man es immer zu ertragen.«

Marie von Ebner-Eschenbach, österr. Schriftstellerin

»Das Leben eines jeden Menschen ist ein von Gotteshand geschriebenes Märchen.«

Hans Christian Andersen, dän. Dichter

»Märchen, noch so wunderbar, Dichterkünste machen's wahr.«

Johann Wolfgang von Goethe, Motto zu seinen Balladen

»Ein Märchen aus alten Zeiten, das kommt mir nicht aus dem Sinn.«

Heinrich Heine, »Lorelei«

»Ich will euch erzählen ein Märchen gar schnurrig.«

Gottfried August Bürger, »Der Kaiser und der Abt«

»Zwei Dinge trüben sich beim Kranken: a) der Urin, b) die Gedanken.«

Eugen Roth, dt. Schriftsteller

»Ein Arzt, der kein Künstler ist, ist auch kein Arzt.«

Curt Goetz, dt. Schauspieler und Schriftsteller

»Ärztlicher Kunstfehler: Äskulapsus.«

Thomas Niederreuther, Aphoristiker

»Was nützt mir der Erde Geld? Kein kranker Mensch genießt die Welt!«

Johann Wolfgang von Goethe

»Das Gefühl von Gesundheit erwirbt man sich nur durch Krankheit.«

Georg Christoph Lichtenberg, dt. Physiker und Schriftsteller

»Wer bei diesem Wetter nicht krank ist, ist nicht gesund.«

Volksmund

»Der Mensch ist die Dornenkrone der Schöpfung.«

Stanislaw Jerzy Lec, poln. Lyriker und Satiriker

»Es ist schmerzlich, einem Menschen seine Grenzen anzusehen.«

Christian Morgenstern, dt. Dichter

»Man muß lange leben, um ein Mensch zu werden.«

Antoine de Saint-Exupéry, franz. Schriftsteller

»Fürchte den Bock von vorne, das Pferd von hinten und den Menschen von allen Seiten.«

Russisches Sprichwort

»Edel sei der Mensch/Hilfreich und gut!/Denn das allein/Unterscheidet ihn/Von allen Wesen,/Die wir kennen.«

Johann Wolfgang von Goethe, »Das Göttliche«

»Du mußt, eines Menschen Wert zu erfassen,/Ihn erst über andere urteilen lassen.«

Heinrich Leuthold, schweiz. Dichter

»Nächstenliebe lebt man mit tausend Seelen, Egoismus mit einer einzigen, und die ist erbärmlich.«

Marie von Ebner-Eschenbach, österr. Schriftstellerin

»Auch die Menschenliebe braucht ihre Propheten.«

Hermann Kesten, dt. Verleger

»Wir lieben Menschen nicht so sehr wegen des Guten, das sie uns getan haben, wie für das Gute, das wir ihnen getan haben.«

Leo Tolstoi, russ. Schriftsteller

»Es bleibt einem im Leben nur das, was man verschenkt hat.«

Robert Stolz, österr. Komponist

»Der Lohn einer guten Handlung liegt darin, daß man sie vollbracht hat.«

Seneca, röm. Philosoph

»Mit Güte kann man fast jeden Menschen überraschen.«

Pearl S. Buck, amerik. Schriftstellerin

»Was gegen die Natur ist, das ist gegen Gott.«

Friedrich Hebbel, dt. Dichter

»Der Mensch – ein Exemplar der beispiellosen Geduld der Natur.«

Christian Morgenstern, dt. Dichter

»Die Folianten vergilben, der Städte gelehrter Glanz verbleicht, aber das Buch der Natur erhält jedes Jahr eine neue Auflage.«

Hans Christian Andersen, dän. Dichter

»In der Natur fühlen wir uns so wohl, weil sie kein Urteil über uns hat.«

Friedrich Nietzsche, dt. Philosoph

»Der Mensch bringt sogar die Wüsten zum Blühen. Die einzige Wüste, die ihm noch Widerstand bietet, befindet sich in seinem Kopf.«

Ephraim Kishon, israel. Schriftsteller

»Der Mensch beherrscht die Natur, bevor er gelernt hat, sich selbst zu beherrschen.«

Albert Schweitzer, elsäss. Arzt und Kulturphilosoph

13. Religion

»Verlösche den Glauben an Gott, und es wird Nacht in der Seele des Menschen.«

Alphonse de Lamartine, franz. Dichter

»Religion ist Ehrfurcht – die Ehrfurcht zuerst vor dem Geheimnis, das der Mensch ist.«

Thomas Mann, dt. Schriftsteller

»Das Wesen der Religion ist Moralität.«

Mahatma Gandhi, ind. Staatsmann

»Wenn Du an Gott glaubst, wird er die Hälfte Deines Werkes tun. Die zweite Hälfte.«

Cyrus Curtis, amerik. Verleger

»Glaube ist nur, was frei aus dem Herzen kommt.«

Ricarda Huch, dt. Schriftstellerin

»Die meisten Leute heutzutage glauben nicht an Gott, sondern an die Feuerwehr.«

Max Frisch, »Biedermann und die Brandstifter«

»Schachspiel – Probierstein des Gehirns.«

Johann Wolfgang von Goethe, »Götz von Berlichingen«

»Der Mensch spielt nur, wo er in voller Bedeutung des Wortes Mensch ist, und er ist nur da ganz Mensch, wo er spielt.«

Friedrich Schiller, »Ästhetische Briefe«

»Heute verstehen wir das Schachspiel als Sport, als einen Sport, der den ganzen Menschen fordert.«

Willi Weyer, Präsident des Dt. Sportbundes

»Das Schachspiel überragt alle anderen Spiele so sehr wie der Chimborazo einen Misthaufen.«

Arthur Schopenhauer, dt. Philosoph

»Der Schachsport fördert Fähigkeiten wie Konzentration, eine gute Beobachtungs- und Auffassungsgabe, Kombinationsvermögen und Ausdauer, Fähigkeiten also, die auch bei der Bewältigung von anderen Anforderungen im Leben von Nutzen sind.«

Richard von Weizsäcker, dt. Bundespräsident

15. Theater

»Das Theater ist weder eine Schulstube noch ein Priesterseminar. Die Leut' sollen entweder lachen oder flennen. Oder beides.«

Carl Zuckmayer, dt. Schriftsteller

»Schlechte Theater sind ebenso schädlich wie schlechte Schulen oder schlechte Kirchen.«

George Bernard Shaw, anglo-irischer Schriftsteller

»Es gibt Theaterstücke, die so schlecht sind, daß man nicht pfeifen kann, weil man gähnen muß.«

Oscar Wilde, engl. Schriftsteller

»Ein Volk, das seinem Theater nicht hilft und es nicht fördert, ist, wenn nicht tot, so doch todkrank.«

Federico García Lorca, span. Dichter

»Wozu soll ich mit Liebe betrachten, was ohne Liebe gemacht ist?«

Siegfried Jacobsohn, dt. Publizist

»Regierungstätigkeit ist Politik en gros; Verwaltungstätigkeit ist Politik en detail.«

Richard Wiggins, amerik. Politologe

»Verwaltung: Zwangsinterpretation der Bürgerrechte.«

Gerhard Faber, dt. Verwaltungsjurist

»Es ist unsere Aufgabe, daran zu erinnern, daß der Mensch nicht nur existiert, um verwaltet zu werden.«

Heinrich Böll, dt. Schriftsteller

Register

FEUERWEHR 18–34
Bezirksfeuerwehrtag 24
Freiwillige Feuerwehr, 25. Jubiläum 19
Freiwillige Feuerwehr, 50jähriges Bestehen 21, 22, 25, 26
Freiwillige Feuerwehr, 50. Jubiläum 20, 21, 22, 23, 24
Freiwillige Feuerwehr, 125jähriges Bestehen 26, 27
Jugendfeuerwehr, 10jähriges Bestehen 27, 28
Jugendfeuerwehr, 15jähriges Bestehen 25, 26
Kreisfeuerwehrtag 29, 30
Kreisjugendfeuerwehrtag 27, 28
Musikzug, 15jähriges Bestehen 25, 26
Stadtfeuerwehrtag 22, 23
Stützpunktfeuerwache, Einweihung 29, 30

SPORT/TURNEN 35–53
Kreis-Schiedsrichtervereinigung, 70. Jubiläum 47, 48
Spielverein, 85. Jubiläum 39, 40
Sportclub 40, 41
Sportgemeinschaft, 25. Jubiläum 36
Sportgemeinschaft, 60. Jubiläum 37, 38
Sportplatz, Einweihung 48, 49
Sportverein, 75. Jubiläum 38, 39
Sportverein, Saisonstart 41, 42
Tischtennisabteilung, 10. Jubiläum 46, 47
Turn- und Leichtathletikverein, 10jähriges Bestehen 42, 43
Turn- und Sportverein, 75. Jubiläum 43, 44
Turnverein, 75jähriges Bestehen 45, 46

PFERDESPORT 54–64
Kreismeisterschaften im Reiten und Fahren 60
Kreis-Reiterbund 57
Reitclub, 25jähriges Bestehen 55
Reitclub, Reitturnier 55, 56
Reit- und Fahrverein 58
Reit- und Fahrverein, Reitturnier 59

SCHÜTZEN 65–74
Kreis-Schützenfest 67
Schützenverein, 25jähriges Bestehen 66
Schützenverein, 25. Jubiläum 67
Schützenverein, 30. Jubiläum 68
Schützenverein, 50. Jubiläum 69
Schützenverein, 75. Jubiläum 69, 70
Schützenverein, Gründungsfest 70, 71

WANDERN 75–84
Österreichischer Alpenverein 80
Verkehrsverein, IVV-Wanderung 77
Verkehrsverein, 10. Volkswandertag 76

Volkswanderung, Internationale 79, 80
Wandergruppe, 9. Internationale Volkswanderung 78, 79

Musik 85–94
Bläserchor, 50. Jubiläum 90
Gesangverein 86
Kreis-Sängertreffen 88
Musiktage, Eröffnung 87, 88
Musikwettstreit, Internationaler 89

Kleintiere 95–110
Kanarien-, Exoten- und Sittich-Zuchtverein, Vereinsschau 97
Kanarien-, Exoten- und Sittich-Zuchtverein, Vogelschau 98, 99
Kleintier-Zuchtverein 96
Kreis-Geflügelschau 101, 102
Rassekaninchen-Zuchtverein 102, 103
Taubenverein, 75. Jubiläum 100, 101
Tauben-Zuchtverein, 50. Jubiläum 99, 100
Verein für Deutsche Schäferhunde, Landesgruppenschau 104

Schule 111–122
Grundschule, 80. Jubiläum 116, 117
Lehrstellen-Report 119, 120
»Projektwoche Wald« 118, 119
Schule, 10jähriges Bestehen 112, 113
Schule, 20. Jubiläum 113, 114
Schule, 150jähriges Bestehen 117, 118
Volksschule, 25jähriges Bestehen 114, 115

Gemeinde 123–131
Gemeinde, 700-Jahr-Feier 124, 125
Gemeinde, 1175jähriges Bestehen 125, 126
Großgemeinde, 1200-Jahr-Feier 126, 127

Vereine/Verbände 132–141
ADAC-(ÖAMTC-) Veranstaltung 136, 137
Arbeiterwohlfahrt, 40jähriges Bestehen 134
Deutsches Rotes Kreuz 133
Horex-Sternfahrt 139
Kanuclub 138
SPD-Ortsgruppe, 45jähriges Bestehen 135, 136

Verschiedenes 142–189
Anne-Frank-Ausstellung, Eröffnung 146, 147
Ball, Eröffnung 163
Ballettschule, 20jähriges Bestehen 162
Behindertenheim, Benefizspiel 148, 149
Behindertenorganisation 147, 148
Fachgeschäft für Augenoptik und Fachinstitut für Hörakustik, Eröffnung 154, 155
Finanzverwaltungen, Sportturnier 168, 169
Gardetanzturnier 156
Heiratsmarkt zu Pfingsten 157, 158

»Help Center – Zentrum christlicher Lebenshilfe für junge Menschen« 145, 146
Kreis-Tierschau 170
Kultur- und Museumsgesellschaft, 75. Jubiläum 149, 150
Landratsämter und Kreisverwaltungen, Fußballturnier 169
Landwirtschaftliche Vieh- und Fleischvermarktung, 50. Jubiläum 171, 172
Märchenwoche 158, 159
Museum, 10jähriges Bestehen 152, 153
Museumspädagogischer Führer 151, 152
Österreichische Trachtenkapelle, 60. Jubiläum 153, 154
Pfarrkirche, 100. Jubiläum 143, 144
Schachbroschüre 164
Schulschach-Bundesfinale 165
Segelflugverein (I) 166
Segelflugverein (II) 167
Stadtpfarrkirche, Kirchweih 144, 145
Theater-AG, 10jähriges Bestehen 160, 161
Theatertage 159, 160